英文這樣背就對了！

作者：
陳光、李宗玥、楊儷慧

超強記憶法讓你快樂學單字

【暢銷紀念版】

English

擁有本書，

您可以從此**丟掉所有英文工具書**，

也不必再花費數萬元學費去上快速記憶課程！

【序】
英語學習革命是我們的理想

學英文真的有那麼難嗎？

　　相信看過我上一本書《吸英大法》的人都知道，我的學生石政庭，原本一天背不到20個單字，經過邏輯訓練後，在記者眾目睽睽下，證明了自己能在一小時背400個以上的單字。所有學過我邏輯方法記憶英語單字的同學，彷彿手到擒來，何困難之有？

　　但對學習沒有效率的人，背英語簡直是夢魘。我深信有機緣看過這本書的人，必也能如大夢初醒，從此進入邏輯超快速世界。這本書，結合圖像與邏輯兩大領域，也將所有「記憶學」記憶英文的方法詳實記載。如果看了所有記憶方法，還背不了英文單字，唉，那就算了！

　　語言能力在二十一世紀的重要性，在數年前的職場生態是，如果你有英文的競爭優勢，同一職位在外商公司與本地公司相比較，薪資最高相差百分之二十五左右。然而現在的情況卻是，如果你不會英文，即使是本地公司，你連面試的機會都沒有呢！

　　在這個英語掛帥時代潮流中的你，可以逃避學習英文的命運與趨勢嗎？既然無法逃避，那麼，你會選擇快樂地學習，還是痛苦地學習呢？

　　你會選擇自創的「死背」方法——記了又背、背了又忘、還是超效率的快速學習方法呢？

語言快速學習法百家爭鳴

　　許多人在語言的學習上一路顛簸，碰到不會教的老師，買了沒用的參考書，用了不對的記憶法，徒然增加挫折與失望。寫這本書的目的，就是讓大家對英文單字如何「過目不忘」。然而，真的有過目不忘的方法嗎？

　　全世界都在風靡記憶學，而英文記憶的方法亦是百家爭鳴，四處蔓燒。茲列表如下以供參考：

方法	創造或研發者	訴求效果
超倍速學習法	保加利亞 喬治‧羅森諾夫博士	一天內記住1000~1200個單字，成功率96%。
「超」學習法	日本野口悠紀雄博士	英文及數學學習成效最佳。
快腦學習法	日本山本光明博士	學生成績一個月後大幅提升。
快速用功法	日本多湖輝教授	學習效果顯著。

方法	創造或研發者	訴求效果
音樂提升法	美國史密斯教授	運用音樂大幅提升學習效果。
精熟學習法	美國布魯姆教授	效果卓越，在美、澳、日本等十幾個國家廣為推行。
全腦開發	美國 羅傑‧史培力博士	左腦、右腦研究獲諾貝爾生物醫學獎。
邏輯式記憶法	台灣陳光	記憶速度增加10-100倍，平均每個人一小時都能快速記憶幾百個英文單字。
心智圖法	英國湯尼‧博贊	全腦式思考與記憶。

美國及澳洲學校採用超倍速學習法，運用在語言學習上所公布的成效如下：

學　校	成　效
英國布萊德利摩爾中學	分組學習德語，超倍速學習法成效比傳統學習法效率高出6-10倍。
美國愛荷華州立大學	學習西班牙文，十天學習效果比傳統學習法一年高。學習速度高出20倍。
澳洲雪梨比佛利山中學	將法語三年課程縮短成八星期，學習效果比傳統高出15倍以上。

　　足見有方法的學習與沒方法的學習，效率相差十萬八千里。太多的例證在全世界崛起，再再告訴我們學習「如何學習」的重要性。

　　「學習方法」的不同決定「頭腦」的好壞。不同的學習方法，肯定有不同的記憶速度。想增加記憶能力前，必先知道人體負責記憶的器官有哪些。「工欲善其事，必先利其器」，要了解人體的記憶方式並找到屬於自己的記憶路徑，才能達到有效的記憶速度。

　　這本書特地將所有記憶法曝光，我們也堅信，熟讀本書絕對能幫助你的英語記憶速度增加數十倍以上！

陳光 VS 外語學會李宗玥

目錄

第一章

英語學習診斷書

快速記憶能力是現代人必備工具

背多分、講光抄就有競爭力的時代已經過時，學習如何快速記憶已是現代人必修的學分。

電視有個廣告：「爸爸，我的壓力也很大呢！」沒錯，現在的孩子要面對的學習壓力比我們以前要大上好幾十倍！地球村時代的來臨，資訊不斷推陳出新，平均每分鐘會有七千個新資訊的產生。如果沒有加緊步伐，你可能即將面臨被時代淘汰的命運。

未來的文盲不再是目不識丁的人，而是不知如何學習的人。而且不僅要學習，還要快速學習。因此，我們要掌握各種快速記憶的方法。畢竟，智慧是要經由記憶的輸入與重組而來的。因此，超快速的記憶能力，已是二十一世紀每個想要生存的人必備工具。

如果你一直覺得自己記憶能力不行，我想先問你對人類大腦的功能了解幾分？如果答案是否定，那我敢說從小到大，學習對你而言是一件苦差事。你總是無意識的埋頭努力，卻總是「該記的——記不起來，該忘的——忘不了」，原因就在於你根本不了解自己的記憶路徑。

不同的學習風格，共同的記憶柵欄──邏輯

　　人類藉由視、聽、嗅、味、觸不斷收集外界發生的資訊，在大腦中作邏輯性的交叉比對，因而產生記憶。邏輯，就像是打開柵欄的方法，決定一件新的資訊到底進不進得了大腦。所以，記憶要好決定於：第一步，選擇並強化與外界溝通的工具。第二步，建構屬於自己的邏輯。

　　了解自己搜尋外界資訊的風格，是邁向快速記憶的第一步。人體與外界溝通的器官不外乎眼睛、耳朵和肢體觸覺，按不同的風格區分為三種方式：

　　1. 視覺型學習──Visual Learners
　　2. 聽覺型學習──Auditory Learners
　　3. 體覺型學習──Kinesthetic Learners

用眼睛來拷貝──視覺型學習

　　我們的眼睛，就好比一台性能極佳的掃描器。它的面積不大，只有兩平方厘米，但卻有超過一億五千萬的感光細胞。只要被這台人體掃瞄器視線掃過，便會直接到達大腦中與過去的已知作邏輯性的比對。

「喔，義大利像馬靴。」

「台灣像蕃薯。」

視覺型的學習者習慣依據老師的肢體語言、或是臉部表情來接收課堂上的訊息。傾向於坐在教室的最前面，對插圖、投影機上影片、活動掛圖都有敏銳的反應。

小孩由視覺的觀察而產生記憶的能力很強，但成年後，藉由視覺要再產生記憶的功能卻與日俱減。想想看，很多人每天搭乘捷運上下班，卻很少人能說得出車站有幾個刷卡入口。雖然人類每隻眼睛中都含有高達1億2500萬個視桿和視錐，這些細胞對於少數的光子也能察覺。但這些細胞都與「搜尋」資訊有關，與「記憶」的產生無關。

用耳朵來記憶——聽覺型學習

瞎子聽覺的敏感度遠大於視覺，對視覺不靈敏的，通常聽力就會特好。聽覺型學習的人習慣皺眉，擅長發問與課堂討論，藉由不斷發表言論與聽取其他人的意見作為學習方法。聽覺型學習者依聲音的語調、速度和其他的聲音的些微變化在腦海裡做比對，或利用語言學習機加深學習的印象。

人類在七歲到十八歲之間，是利用聽覺做學習的黃金時期。這段時間的學生動不動就「老師說」、「媽媽說」、「同學說」，不然就「書上說」，連書上的字在大腦中都鏗鏘有

聲。不過這種功能後來也退化了，所以一般大人在枕頭旁邊不斷播放佛經，藉由聽覺想把整篇佛經背起來，是不可能的。

用身體來學習──體覺型學習

有一種人習慣透過實際操作，也就是透過人體的觸覺獲得感官的刺激，達到資訊比對的效果。

體覺型學習者最有效的學習方式是實際動手做一次，藉由實驗或活動中去探索冒險，他們較無法長時間集中注意力並且坐在書桌前。這些人看一百遍或聽一百遍的效果，都比不上實際動手觸摸與操作。

五歲到七歲的孩子擅長觸覺式學習，這個時候的孩子什麼都要摸，你想把孩子抓住都抓不住。但隨著年紀的增長，他們也不會再東摸西摸了。因為年紀越大，應該愈來愈擅長藉由大腦過去的經驗學習，也就是──用已知來導未知。

學習風格心理測驗

　　紐約聖約翰大學教授肯恩‧鄧恩（Ken Dunn）及麗塔‧鄧恩（Rita Dunn）指出：「每個人都有一個主要的學習途徑，加上所有次要的學習途徑。而視、聽、嗅、味、觸溝通方式，每個人使用的比重都不同！」

　　要快速學習，必須先找出自己的優勢學習風格。你屬於什麼樣的風格呢？馬上做做以下的心理測驗吧！

※用12345分來表示選擇最適合你的狀況及喜好程度，並記錄積分。非常同意5分，極端不同意1分。

1. 聽到感人的音樂時，你會忍不住掉下眼淚來。
2. 你認爲用投影機比一般黑板教學來得好。
3. 你認爲泡熱水澡可以消除一天的疲勞和緊張。
4. 你認爲將事情寫下來，或是作筆記以供複閱，將有益於回想。
5. 在課堂活動時，你會想利用海報、模型或是實體。
6. 你會確定自己看起來很好時，才肯出門。
7. 對於圖表、圖畫或是圖示，你需要說明後才能瞭解。

8. 你習慣使用雙手觸碰，或是做些東西。

9. 你非常喜歡運動和體操。

10. 你能輕鬆製作出各項圖表，並且樂在其中。

11. 當聽到兩個（組）聲音時，你能分辨它們是否相同。

12. 你特別愛看有特殊效果、特殊場景的電視或電影。

13. 每當收錄音機播放音樂時，你很難不去跟著唱。

14. 你必須將某件事寫過很多次之後，才能記得很牢。

15. 你能輕易地瞭解地圖，並找到方向。

16. 你擁有生動活潑的想像力。

17. 你表現最好的課業科目，是透過聽演講和錄音帶。

18. 你可以花很多的時間講電話。

19. 你會在口袋中把玩錢幣或鑰匙。

20. 你在讀書的時候，常需要站起來伸懶腰或來回走動。

21. 你在記憶英文單字時，大聲唸許多遍比寫下來有效。

22. 你閱讀報紙比收聽廣播更容易瞭解新聞內容。

23. 經過一天的壓力下來，你很難放鬆。

24. 你念書時會嚼口香糖，吃零食或是抽煙。

25. 我喜歡去大型購物中心買東西甚於去小商店。

26. 你覺得要記牢事情的方法，是在腦中把它繪成圖片。

27. 對別人第一印象最深刻的是他的談話內容和聲音。

28. 你唸書時會一邊閱讀、一邊劃重點。

29. 同樣的資訊，你喜歡聽演講甚於閱讀教科書。

30. 當你吃東西時經常會看電視或閱讀書報。

31. 你對拼圖或走迷宮的遊戲很拿手。

32. 你在學習時，習慣手裡拿個東西。

33. 你寧可聽別人說故事，而不願意去看故事書。

34. 你喜歡收聽廣播新聞而懶得看報紙。

35. 對於你感興趣的事物，你喜歡閱讀書面資料。

36. 你的朋友認為你是一個很好的傾聽者。

37. 當你與他人有肢體接觸時，像是握手或擁抱，感覺非常自在。

38. 當你問路時，會覺得口頭指示比書面指示更容易了解。

39. 聽一個人說話時，你無法一直坐著不動注視對方。

學習風格分析

請將你作答的分數，依題號填在下列表格之中，加總以後，得分最高的即表示你所屬的學習類型偏好。

視覺學習指標		聽覺學習指標		體覺學習指標	
題號	分數	題號	分數	題號	分數
2		1		3	
4		7		5	
6		11		8	
10		13		9	
12		17		14	
15		18		19	
16		21		20	
22		27		23	
25		29		24	
26		33		28	
30		34		32	
31		36		37	
35		38		39	
總分：		總分：		總分：	

◎如果你是個視覺學習者：

　　盡量使用各項書面學習材料，使用速查卡、圖表、幻燈片、投影片和教學帶都會對你的學習有幫助。

◎**如果你是個聽覺學習者：**

可使用錄音帶，補充筆記的不足。重要的資訊擇其要點，大聲唸出來，或是找朋友、同學和家人討論。

◎**如果你是個體覺學習者：**

邊閱讀邊劃重點，手邊隨時帶支筆和小筆記本。在可能的情況下盡量使用模型及道具。將資訊與現實生活連結起來想，或是練習角色扮演。

不同的學習風格對相同資訊產生不同的反應。舉例說：同樣的 bride（新娘）這個單字，視覺型的會覺得bride 跟 bird（鳥）很像，或是 bride 中有個 ride（騎）這個字。

聽覺型的會聽到bride，發音聽起來像是「不賴的」、「不來的」或跟 bright（亮麗）很像。

而體覺型的，可能要碰到新娘，或想想新娘到底在做什麼的，才會產生反應。

當你邁出快速學習的第一步，選擇出你與外界溝通的工具後，你就可以進入下一章節，亦即快速學習的第二步——建構屬於自己的邏輯。

第二章

寒窗十年，
英文一樣考零分

Part I 要背英文單字，必須先修記憶學！

Part II 坊間兩大快速記憶方法：
圖像式快速記憶與邏輯式快速記憶

Part I 要背英文單字，必須先修記憶學！

　　英文單字背不起來，是因為你根本沒學過記憶學。

　　父母要求孩子們要牢記教科書的內容，可是試問，有多少父母教過孩子如何「記憶」？如何才能把英文單字記在腦袋，不會落入背了又忘、忘了又背的惡性循環？這裡提醒您，要背英文單字，必須先修記憶學！記憶學的運用不只在於英文單字的背誦，在任何文科上，包括國文、地理、歷史等，都是記憶學可以大展身手的地方。

　　從坊間林立的各種快速記憶課程，便可清楚地了解記憶學的風潮。而記憶學所造成的風潮，更提醒沒上過記憶學的孩子們——你正在玩一場不公平的競賽遊戲！

　　學過快速記憶，可以掌握記憶方法的孩子，比較其他沒學過、也不懂如何正確快速記憶的孩子，就好比靠著苦練的短跑健將要和坐在噴射機上的競爭者，比賽誰先到達終點一般。這麼好的記憶方法必須廣為宣傳，不能讓這些方法鎖在民間的機構，讓少數付得出昂貴補習費的家庭才學得到。這本書就把所有快速記憶的方法，融入英文單字的記憶。

記憶力是可以訓練的

像「運球」動作是籃球的基本動作一樣，「記憶力」，是一切學習的基礎。「智慧，不過是知識的累積。」而一個人知識的多寡，就源自於他記憶力的好壞。

首先，先讓我們了解記憶在大腦的運作情況吧！記憶，其實就是大腦存取資訊的過程，也就是腦神經元之間的連結狀態。人類大腦記憶有三種：

1. 感官記憶（Sensory Store）
2. 短期記憶（Short-term Store）
3. 長期記憶（Long-term Store）

感官記憶——Sensory Store

透過人體各種器官視、聽、嗅、味、觸得到感覺。感官記憶留在大腦內的時間非常短，有時只有四分之一秒的短暫停留，可說是稍縱即逝。例如在街上看到了許多面孔，如果不具特別的強調與刺激，你很快的就會忘記今天你所看過的人。

短期記憶——Short-term Store

從感官記憶中得到的訊息，挑選出需注意、強調及編輯辨識碼所處理完成的資訊，而成為短期記憶。

短期記憶一次可記憶的數量有限，像記憶電話號碼等無意義的物件時，它的記憶範圍大約是七項物件左右。美國心理學家米勒（George A. Miller）就把「七」這個數字稱之為神奇的數字。通常對這種無意義的資訊做複述的動作，在二十秒之後就自動忘記。

想想看，當你在購物頻道上看到電話號碼，並撥下正確的號碼訂購物品。等到電話一掛上，你可能就已經記不得剛才的號碼了。但是如果你將感官記憶所得的印象或訊息不斷重覆，也就是讓腦神經元接收且持續作相同的刺激，那麼這些短期記憶就能維持較久的時間。

可是如果不進入邏輯比對進而進入長期記憶，不久之後這些資訊就會被其他資訊所取代而遺忘。像一般學生背單字時，只是不斷地重覆默唸單字。因為大腦在此時受到的刺激並非邏輯式的，於是在考試結束後不到一個月，幾乎就全忘記了，亦即這些資訊只到達短期記憶的程度。

長期記憶──Long-term Store

在腦神經元上重覆操作某組資訊的次數夠多，這些資訊會由短期記憶轉為長期記憶。一樣資訊一旦進入長期記憶，將永久被保存，永遠不會遺忘。

德國心理學家愛賓豪斯（Hermann Ebbinghaus）對學習

後的遺忘現象進行研究，如果用無意義的音節作學習記憶，
再將實驗數據畫成一條曲線，將形成遺忘曲線圖示如下：

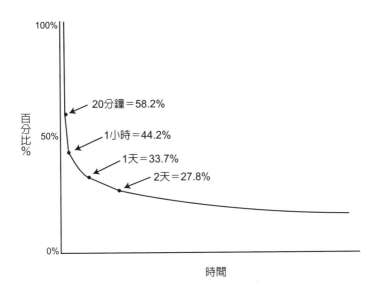

愛賓豪斯的遺忘曲線

　　由圖可得知，記憶的遺忘速度是先快後慢。在學習後一
小時，一半以上的記憶就會消失，只保留了44.2%的記憶；
而學習後一天的記憶保持比例只剩33.7%，兩天後又下降至
27.8%。

　　到了這階段如果記憶仍留在大腦，那它遺忘的速度就會
變得更慢，愈不容易遺忘了。這也就說明了為什麼臨時抱佛
腳有效，但是如果不複習，很快就會忘記，所有的辛苦努力

在下次考試時又要重新來過了。

然而，遺忘速度不僅受時間的影響，舉凡枯燥的、無趣的、不懂的資訊也會率先忘記。將有韻律的詩詞、不押韻的散文和乏味的法律條文的遺忘曲線作一個比較，就可以明白看出其中的差異了。

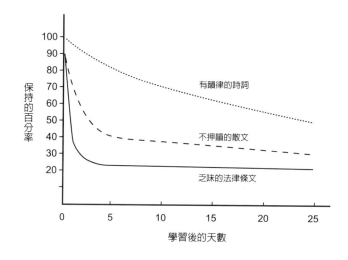

不同內容對學生作實驗所得到的遺忘曲線

記憶其實是取決於大腦內一個細小的構造——海馬體，當大腦皮質中的神經元接收到訊息後，會將訊息傳給海馬體，如果海馬體對訊息有邏輯反應，神經元會開始形成持久性的的網絡，並形成記憶。如果海馬體沒反應，記憶很快就消失無蹤了。

Part II　坊間兩大快速記憶方法：圖像式快速記憶與邏輯式快速記憶

圖像式快速記憶

「圖像式快速記憶」強調右腦圖像的功能，只要用誇張、生動的圖像來作記憶的連結，就可以快速地進入右腦且不容易遺忘。圖像式記憶強調面對一個新的語言要從發音著手，將「聲音」和「圖像」做緊密的連結。

我在日本七田真右腦研究中心發覺到，小孩子對於圖像式學習能力最強，因為孩子具備人類最原始的本能，也就是直覺與豐富的想像力、創造力，他們是以右腦的圖像、節奏、旋律等非語言邏輯的方式學習。然而在進入成年或正規學校教育之後，面對龐大的課業內容與升學壓力，「圖像式記憶」已不堪使用。

圖像式記憶法著重於右腦的想像力和聯想力，希望藉由誇張、有趣的圖像，或是故事、情境的充份運用，讓學習不

再枯燥無味，且更容易將所學的東西放入長期記憶區而不容易遺忘，並達到快速記憶的學習成果。

只是，六歲之後圖像的搜尋功能就開始鈍化了，取而代之的，是更快速的邏輯式比對，並進而產生記憶的功能。

邏輯式快速記憶

而在邏輯式記憶裡，我們需要借重的是文字的力量。究竟，文字在成人的世界到底有多重要呢？從「無論鄰居的小狗叫得多麼動人，牠永遠無法告訴你，昨晚究竟是誰偷了你家的電視機」這句話就可看出端倪。

人類之所以異於一般動物，是因為有文字，可以快速傳達意念。六歲之後，應該強調使用自己的邏輯和記憶學基本原理作連結運用，來達到快速記憶的效果。「邏輯式快速記憶」應大量運用在成人的世界。成人的世界資訊多且繁雜，圖像已不堪記載，這也就是文字產生的原因。

如果產生記憶需不斷進入圖像，無疑是一種開倒車的行為，因為圖像佔的記憶空間太大了。剛開始使用圖像做記憶，或許你會覺得十分有趣、記憶效果也很強。但若凡事都需轉成圖像，你的記憶速度就會愈來愈慢，甚至可能會發生

「大腦當機」的情況。廢文字而重圖像，無疑是幫人類智商開倒車。

　　所以，陳光的邏輯式快速記憶強調文字在記憶上的運用，用已知的思維、可理解的文字來做邏輯比對，進而導入未知的資訊。也就是用「邏輯」這個記憶的刀子在右腦狠狠地刮下一道記憶的痕跡，以達到快速記憶的效果。

　　也由於「邏輯」在大腦產生的刻痕是有排序的，所以訓練完後，每個人都能瞬間記憶英文單字，甚至「倒背文章」倒背「圓周率」！

邏輯式快速記憶的先修

一、伸出記憶的爪子

　　我們必須再強調一次，單字背不背得起來，決定於記憶學，而非單純的文字學。很多人在背英文時，沒有任何記憶方法，只是整晚不停地碎碎唸、或是反覆抄寫，結果隔天醒來，腦筋卻仍然是一片空白。

　　因為沒有任何記憶方法的人，就像是一隻沒有爪子的貓，就算這隻貓整夜都在沙發上猛扒，隔天沙發仍舊是完好如初，不留任何痕跡。如何讓沙發產生紀錄，關鍵就在於如

何讓貓再長出原有的爪子。這個「爪子」在記憶學上，就叫做「邏輯」。

記憶又分為「程序記憶」和「陳述記憶」兩種，小孩經過「不斷地反覆練習」行走，大腿的肌肉就會記住這個左腳、右腳往前走的記憶，這種不用大腦思考的記憶方式就叫「程序記憶」。背英文單字，如果不斷大聲唸或是重覆地寫，就像是把大腿的肌肉放到大腦裡使用一樣，重覆夠多次還是可以記住。但是人腦的記憶元是這麼強，為什麼我們要選擇這種愚蠢的使用方法呢？

驅動我們的大腦，唯一的方法是改用陳述記憶：只要進入自己的邏輯世界，大腦就照單全收。「左腦邏輯、右腦記憶」，進入陳述記憶，就可以讓左腦與右腦溝通宇宙裡出現的訊號。

二、克服大腦的魔咒：七

長的單字為什麼背不起來？因為人類記憶獨立的資訊，一次最多只能記憶七項，這彷彿是上帝對人類大腦種下了深深的魔咒，也是人類永遠無法克服的悲哀。所以要記住：當我們要記的東西超過七樣時，大腦的記憶功能會自動關閉，拒絕做記憶的動作。

既然知道面對七個以上的獨立資訊大腦就會當機，我們

當然可以做「拆、剪」的動作來「騙」大腦，也就是說，每次記憶不超過七樣，那麼不就可以輕易地通過海馬體這一個記憶的關卡囉！這個「拆、剪」的動作在邏輯式記憶中特別重要。但是如何拆解呢？對文章要用句逗拆解，至於單字，陳光老師說，當然要照「音節」拆。

三、運用潛意識

單字爲什麼記了又忘？底下小花貓的故事，可以帶給我們一點啓示。

有一隻家貓在池塘裡抓魚，但因爲貓不善於抓魚，就算二十四小時拚命撈，卻一條也撈不到。

有一天，山貓告訴他，有一種鳥叫「鸕鶿」，牠的天性就是會抓魚，你爲什麼不訓練一隻抓魚高手鸕鶿幫你抓魚呢？家貓聽了，很快幫自己訓練了一隻鸕鶿。從此以後，一覺睡醒來，家貓身邊都有滿滿的魚可以吃了。

「鸕鶿」之於貓，就像「潛意識」之於大腦。運用「鸕鶿」，也就是運用人腦的潛意識像7-11不眠不休工作的特性，讓深層記憶在大腦翻轉千萬次，醒來之後，你的大腦就載著滿滿的資訊了。

想不到吧！睡覺竟然和記憶有重要的關係。晚上喜歡熬夜不睡覺的同學，要注意下面的提示了。

　　在睡覺之前，有一段時期叫「快速動眼期」，負責消滅人類白天的記憶。睡前記得用邏輯按下記憶的「保留鍵」，讓潛意識接受白天輸入的資訊，潛意識會啟動 β 波，在睡眠中將資訊翻轉一千萬次以上，就像邊睡覺、鸕鶿邊幫貓咪抓魚，醒來後，你也會有永遠忘不掉的資訊了。

第三章

兩大記憶學的戰鬥指數分析

Part I 兩大記憶學戰鬥指數分析

Part II 啟動圖像式快速記憶本能

Part III 成人世界務必啟動的邏輯式思維

Part I 兩大記憶學戰鬥指數分析

　　人類大腦皮質層上有無數皺褶，那就是你每天所吸收的資訊儲存在大腦中的痕跡，我們稱它為「腦迴」。如果以解剖學的觀點來看，從大腦外觀上的腦迴多寡以及深淺，我們就可以判定這個人的智商。

　　圖像記憶法強調將每個單字都轉成圖像，但其速度較慢，每日可形成的腦迴也不多。而且圖像就算轉成功，還必須擔心無法拼出正確的字母，這也就是為什麼圖像式記憶適用於沒有升學壓力的小孩。而邏輯式記憶就不同了，因為邏輯式就是用左腦既定的邏輯，直接在右腦刻下記憶的傷痕，傷痕之深，甚至可以把字倒回來搜尋。

　　一位小學四年級的同學，學了陳光邏輯式記憶之後，回家教七十四歲的老爺爺，結果爺爺在短短的五分鐘之內，竟然可以將圓周率以下的六十位數字，正著唸、反著唸、倒背如流！不僅如此，小五生林子祺倒背刑法、國一生蔡浩廷倒背長恨歌……這些實證在在顯示出「邏輯式快速記憶」對升學及成人世界的神奇幫助！

Part II 如何啟動圖像快速記憶本能

　　但在六歲之前，在還沒有邏輯概念時，圖像式記憶是唯一的記憶方法。儘管六歲之後圖像的功能漸漸關閉，但圖像式記憶還是不失為一個初階的記憶法寶。

　　底下就公開圖像式記憶學兩大基本功，讓您看了這本書，就不需要再花費動輒數十幾萬元的學費，去學習這樣初階的記憶學，並且可以更快跨入更高階的邏輯式記憶。

1. **兩兩圖像連結法**──將要記住的物件，以圖像式的方法，兩個兩個互相連結在一起。連結得愈緊密，愈不容易遺忘。

2. **魔力故事聯想法**──設法把所有要記住的物件，運用想像力編成一個故事。藉由情境式的故事來串連想記住的資訊。

愛因斯坦曾說過：「想像力比知識更重要。」學齡前的

小孩子看不懂音標與文字，為什麼學語言會這麼快、這麼容易？這全是因為小孩子是倚重充滿想像力的右腦來做圖像與情境的聯想法學習，才能達到這種大人們自嘆不如的高速學習效果。

功夫一、兩兩圖像連結法

兩兩圖像連結法好像鎖鍊，彼此串連在一起，是圖像記憶學的基本原理。顧名思義，此法就是將要記憶的物件，兩個兩個彼此互相連結在一起。你所做的連結愈緊密，就愈不容易遺忘。

什麼是連結呢？連結就是互相接觸、發生關係。那該怎麼做才能達到密不可分的連結呢？我們以下面四個圖案來做解釋，你就會明白什麼才是不容易分開（忘記）的連結。

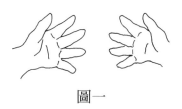

圖一

兩隻手沒有連結。

傳統的學習法。

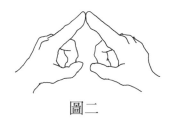

圖二

兩隻手只靠一點作連結，
動一下就分開。

傳統的學習法，
但花了些時間複習。

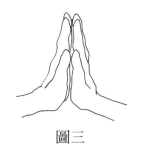

圖三

較圖二連結緊密，
但是也很容易分開。

記了忘，忘了記，
重覆花時間與精力在撿拾
遺忘的知識。

圖四

這就是所謂的密不可分的
連結了。

革命超高效學習法，
啓動右腦，瞬間記憶。

入門遊戲一：

對孩子來講，由於邏輯尚未建構完善，因此要想做到密不可分的連結唯一方法，就是要盡量掌握誇張化、趣味化、以及情境化的連結技巧。因為右腦是一個想像力和創造力的腦，它只對那些極為誇張、有趣、違反常理、戲劇化的東西(圖像)感興趣，一旦記住就不容易忘記了。真有這麼神奇嗎？那麼，我們馬上就來體驗右腦神奇的圖像功能吧！現在請你花一分鐘的時間，試著記住下列十項物件：

1. 農夫	2. 蛇
3. 腳踏車	4. 自由女神
5. 玉米濃湯	6. 老鼠
7. 玫瑰花	8. 輪船
9. 薯條	10. 卡拉OK

有沒有辦法可以全部記住，而且順序也對呢？如果辦不到也請不要難過，接下來再試著用兩兩圖像連結法來做記憶。別忘了要盡量誇張化、趣味化地在腦中產生鮮明圖像做記憶喔！

孩子，我來教你這樣記：

首先，要記憶的兩樣東西是農夫和蛇。你可以想像在大太陽底下有一位農夫，這位農夫脖子上竟然圍著一條蛇在工作呢！你可以感受到那大熱天的的感覺和以蛇當圍巾這種不合邏輯的畫面嗎？沒錯，就是要用這種誇大的圖像達到深刻的印象。好了，你已完成農夫和蛇這兩樣東西的緊密連結。

接下來要連結的兩樣東西是蛇和腳踏車。我想像到的畫面是腳踏車的前、後輪竟然是一條長長的蛇的身體捲成的，有夠離譜吧！

再來是腳踏車和自由女神的連結。想像自由女神右手舉的不是火把，而是一輛腳踏車，並試著在你的腦袋裡畫出這樣的圖像。

再來是自由女神和玉米濃湯，可憐的自由女神竟然是站在一大鍋熱騰騰的玉米濃湯上被熟煮著，好慘吶，你是否感受到了滾燙的玉米濃湯呢？

再來是玉米濃湯和老鼠的連結。滾燙的玉米濃湯旁邊，竟然圍著一圈不怕燙的老鼠大口大口地喝湯，天哪，老鼠都不怕燙耶！

再來是老鼠和玫瑰花的連結，我們來想像一下，一隻老鼠的尾巴後面，竟然長出了一朵玫瑰花呢！

接下來的玫瑰花和輪船要怎麼結合呢？嗯，我看到的畫面是一根根又長又銳利的玫瑰花，竟然將輪船給刺穿了。夠誇張吧！相信我，這樣誇張的東西，右腦才會喜歡！

再來是輪船和薯條的連結，你可以想像這是一條載滿薯條的輪船，輪船上滿滿的薯條都快要掉到大海了，相信這個圖像，小朋友最喜歡呢！

再來是薯條和卡拉OK，你可以想像薯條都像人一樣站起來，手上拿著麥克風在高唱卡拉OK呢！哈哈！保證一輩子都不容易忘掉這個圖像。

　　好了，你已經以兩兩圖像連結法記憶這十項物件了。現在請你在腦海中回想剛剛你看過哪些畫面？你可以藉由圖像的感覺、情境來作回憶的勾子，試著把要記憶的十項物件依序從大腦中勾引出來。

　　如果你做到了，就要恭喜你，因為你已經掌握住右腦圖像式記憶的訣竅了。如果現在我突然問你，老鼠的前面一個物件是什麼？我想你一定可以毫不猶豫地回答是玉米濃湯，對不對？很神奇吧！如果你還沒辦法做到這樣的效果，就表示你腦中出現的圖像不夠清晰，不夠誇張化，右腦的圖像記憶還不夠深刻。

　　別急，豐富的想像力也是要靠訓練才能運用自如！前提是你一定要先肯定自己的右腦有這般的神奇功能，有耐心地啓發它，你會發現原來每個人都可以成爲記憶高手！

入門遊戲二：

現在請你記住一個英文單字 melancholia 憂鬱症。一般人在沒有任何學習方法之前，背英文單字都是在紙上一邊寫，一邊唸出聲音來幫助自己記住這個單字。但即使你寫了三十次，唸了三十次，三天後我再問你，憂鬱症的英文怎麼拼？「我有背過，但是忘記了！」仍是絕大多數人的答案。

那我們應該如何運用兩兩圖像連結法來快速記憶這個單字呢？請記住，兩兩圖像連結，就是要把單字「發音」和單字「字義」這兩個物件做緊密的結合。

melancholia [ˌmɛlənˋkolɪə]，這個單字的發音聽起來像不像中文的「沒人叩你呀」！原來是因為「沒人叩你呀，難怪你會得憂鬱症！」這就是所謂的「諧音法」，此時，如果我們再搭配圖像結合音、義輔助記憶，如下圖，記憶的效果絕對是優於沒有任何學習方法的碎碎唸或是無意識地抄寫。

憂鬱症
〈melancholia〉
〈沒人叩你呀〉

功夫二、魔力故事聯想法

　　故事聯想法最常用的，就是設法把所有要記住的物件，運用想像力先將聲音轉成諧音，再將轉換過的諧音編成一個故事，藉由記住故事的劇情，輔以圖像式記憶，而達到記憶的效果。

範例一：記住台灣最長的六條河川

　　舉例說明，如果現在你要記住台灣超過100公里的河川有：高屏溪、濁水溪、曾文溪、大肚溪（又名烏溪）、大甲溪和淡水河。我的學生有人就畫一幅圖如下，日後只要在大腦叫出這幅圖，就可以說出故事內容，當然這六條河也就出來了。

　　首先，先決定這六條河在你故事中的順序，例如：1.高屏溪、2.曾文溪、3.濁水溪、4.大肚溪、5.大甲溪、6.淡水河。

台灣超過100公里的河川

在長長的河川上面，可以看到一個很「高」的「瓶」子（高屏溪），瓶子的底部被一「針」刺穿（曾文溪），而且瓶子裡面裝滿「又黑又髒」的水（濁水溪），上面竟然坐著一位「大肚子」的人（大肚溪），頭上戴著盔「甲」（大甲溪），上面頂著一顆大大的「蛋」（淡水河）當裝飾品在炫耀。

為什麼要這麼辛苦編故事呢？原理就是因為小孩的大腦，對故事的記憶能力大於獨立文字的背誦。

範例二：過份的阿菜

那如何用故事聯想法來記憶具有相同意義的英文單字字首呢？舉例來說，如果我們要記憶當英文單字字首出現ultra~, over~, super~, out~, hyper~時，即表示有「過份」、「超過」、「極端」的意義。

有一位學生就編了一個有趣的故事：我有一個很過份的朋友，台語名叫"阿菜"（ultra），肉很黑（over）（台語"黑肉"），最愛打扮成超人（super），擺一副很「傲」（out）的態度去逛街，路人看到他都覺得很害怕（hyper）。

過份的 "阿菜"

所以今後如果你看到字首有出現ultra / over / super / out / hyper 時，你就會聯想到「過分」"阿菜"的故事了。例字如下：

ultra	ultrapure	極純的
over	overweight	超重的

super	superheat	過熱
out	outspend	花費超過
hyper	hypersensitive	超敏感

　　有沒有覺得記故事比直接啃字根字首的字典來得有趣、可以達到有效率的快速學習與記憶？故事情境法對孩子的學習十分有效，不僅可以發揮想像力達到有趣又有效率的學習，同時也可以訓練孩子們的邏輯順序能力。

　　所以對孩子，我們鼓勵使用有趣的故事圖像學習，但是對於成人，我們就主張使用具有邏輯的一句話來代替故事。如果要用故事法，也要盡量簡短，避免趣味性十足但冗長的故事情節。

神奇的身體掛勾法

　　在我們正式介紹邏輯式快速記憶之前，坊間還有一種記憶方法叫做身體掛勾（栓釘）法，其實就是將圖像式的兩兩連結法加入邏輯的方向性做進一步的運用。也就是利用不會改變位子的「已知」身體部位，和要記憶的「未知」物件作兩兩連結的記憶方法。

身體掛勾（栓釘）法其實就是使用「方向」的邏輯思維，幫助我們做瞬間記憶。現在就請你由下而上、由左而右地想像在自己的身體掛上十個勾子做定位，專門用來勾住要記憶的物件。如果你能掌握住這十個勾子的位置號碼，你就不僅可以做到倒背如流，而且還可隨意回答第 X 個是 xxx。身體的十個勾子參考位置圖如下（你可自行設定勾子數目與位置）：

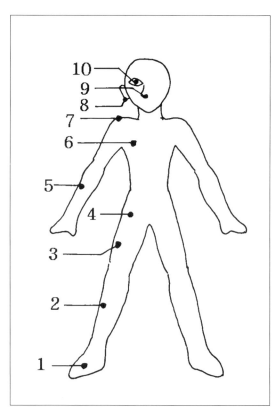

範例一：利用身體部位記住十樣採購清單

　　大家一定有去大賣場採購的經驗，因為一次要買很多東西，為了避免忘記，我們通常會將要採買的東西寫在紙上，但如果紙條一旦遺失，那可就慘了，對不對？

　　現在我們就來使用身體掛勾法來做記憶，只要你把要買的東西緊緊地掛在身體的掛勾上，並做到密不可分的連結，那麼你就不必老是要去摸口袋檢查採購單還在不在了。以身體作釘栓，取代備忘紙遺失的風險。

　　現在我們就假想要去賣場採買以下的十樣東西，然後再把它們全部掛在身體上，如下圖示：

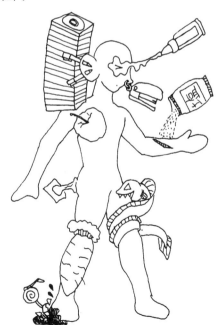

1. 眼鏡　　　　glasses
2. 紅蘿蔔　　　carrot
3. 白帶魚　　　hair-tailed fish
4. 口香糖　　　chewing gum
5. 鹽巴　　　　salt
6. 蘋果　　　　apple
7. 空白CD片　　pre-recorded CD
8. 原子筆　　　pen
9. 釘書機　　　stapler
10. 膠水　　　 glue

記得要做緊密的連結，盡量誇大化、趣味化，用情境、五感去做記憶的連結。例如：

✳ 第一個要買的是眼鏡，我們可以想像眼鏡被腳給踩破了，玻璃碎片都把腳給刺穿流血了。請問在你腦海中有沒有出現這個畫面，你的腳有沒有被玻璃刺傷的疼痛感覺？如果答案是肯定的，相信你一定不會忘記要買眼鏡這件事。

✳ 第二個要買的是紅蘿蔔，你可以想像你的小腿突然變成又肥又大的紅蘿蔔了。

✳ 第三個是白帶魚，你就可以想像你的大腿上被一隻白帶魚給緊緊纏住，白帶魚還不放過你，一口咬住你的大腿咧！

✳ 第四個是口香糖，有沒有感覺自己的屁股上有黏黏水水的感覺呀？沒錯，你的屁股上正黏著一大塊吃過的口香糖，超噁心的！

✳ 第五個是鹽巴，你的手臂上有一個傷口，可是天才的你竟然把鹽巴灑在傷口上想要殺菌，有沒有感覺手臂上疼痛難當啊！

✳ 第六個是蘋果，神奇的事發生了，你的胸部竟然變成一顆大蘋果！

✻ 第七個是空白CD片，你有沒感覺肩膀上好重好重，
原來是扛著一大疊的CD片喔！

✻ 第八個是原子筆，你有好幾個耳洞，上面穿著一支支
的原子筆！

✻ 第九個是鼻子，你的鼻子上釘上一個釘書機當作鼻環
使用！

✻ 最後一個是膠水，你有沒有感覺你的眼睛怎麼張不太
開？原來是被膠水給黏住了！

好了，現在你可以試著回想身體上整個畫面，從下到
上，有沒有清楚地看到掛勾上的圖像？身體各部位有沒有不
同的感覺？加上你已對身體位子號碼很熟悉，如果我問你，
你第四件要買的是什麼？我想你絕對可以很快地想到第四個
位子是屁股，屁股上有黏黏的……是口香糖！恭喜你又學會
了一種快速記憶的原理囉！

綜合運用題：

　　接下來當然就是如何利用身體掛勾法來做英文記憶了。我們可以將這種方法當成隨身攜帶的工具，把今天要學的單字，掛在自己的身上，隨時隨地可以看到、感覺到身體上掛的東西，並作複習的動作。當你的學習不是一定得坐下來、翻書才可以，而是隨時隨地都可以進行時，你覺得這種學習、複習的方式是不是更棒呢？

　　我們如果再把兩兩圖像法、故事聯想法和身體掛勾法做結合，例如在身體的每個部位上都拴住一個故事，天哪！這樣一來，將可以做多少單字的記憶與複習啊！

　　為什麼身體掛勾（栓釘）法可以幫助記憶呢？其實一切的事物只要有大小、方向、順序等邏輯排列，就可以幫助我們瞬間記憶。

　　因此有人在每天開的車子做掛勾記憶，從外面的車牌、引擎蓋、雨刷、前擋風玻璃、車頂、後擋風玻璃⋯⋯到車子裡面的方向盤、儀表板、音響⋯⋯，你可以自行決定掛勾（栓釘）的數目及位置，但務必要使用邏輯（方向、順序）來做定位的動作，才能啟動瞬間記憶的效果。

　　如果你雜亂無序的隨意亂掛，就沒有任何輔助記憶的效

果。當然你也可以使用家中不會移位的房間、家具來做定位，這些運用方法就是所謂的環境定位記憶法。

　　聰明的你，是否發現了一件事：一旦我們進入邏輯的世界，周遭事物只要具有大小、方向、順序等邏輯編排，都可以幫助我們記憶。也就是說，運用邏輯就可以幫助我們啟動瞬間記憶。但是請注意，如果你重覆使用身體、環境掛勾法，記憶是很容易被覆蓋的！

　　因此，我們強調：與其訓練圖像產生能力，或者是一味使用掛勾（栓釘）記憶法，不如選擇訓練更快速的邏輯搜尋能力！想要提升你的記憶力戰鬥指數嗎？請進階到下一單元吧！

Part III 成人世界務必啓動的邏輯式思維

邏輯式記憶說：有這麼麻煩嗎？

＊記憶不過是大腦溝通的過程。有邏輯有記憶，沒邏輯沒反應。

＊只要我們先讓文字轉碼，再加入邏輯，文字之間便會自然地相吸！根本不需用到圖像。只要用左腦的邏輯和右腦的記憶做溝通，用「陳述記憶」而非「程序記憶」，大腦很聰明的，講一次就會接收了。

＊經過訓練，使用邏輯式的記憶方法，可以一次記下600-1200個物件。

＊文字的速度遠大於圖像的速度！這是人類優於動物的最大原因。

　　圖像式記憶法是專為六歲之前的孩子所設計的，因為六歲之前的孩子，聽覺和視覺之間的皮質層還沒斷掉，所以聽到就等於看到。因此，我們藉由聽覺的啓動，再加上鮮明的圖像輔助，試著將單字的「發音」和「字義」做緊密的結合，達到快速且長期性的記憶效果。

　　但是如果你已經是六歲以上的學生，我們就強力推薦你

使用邏輯式記憶，而非圖像式記憶。理由如下：

1. 聽覺和視覺之間的皮質層在六歲之後已經萎縮，聽到就不再等於看到。

2. 六歲以前的孩子，產生圖像的能力是非常自然的一件事。但是對成人而言，就不再是一件容易的事。雖然理解能力漸增，但對於圖像的記憶能力卻是日趨薄弱。

3. 文字是人類之所以成為萬物之靈的重要工具與歷程。因此，想要有效率的學習，對文字的邏輯，就需要特別地訓練。

4. 鮮明的圖像一定比文字性敘述有趣，但相對的，圖像所佔的空間也比文字大。換句話說，文字的「存」、「取」速度比圖像快得多。

5. 不論是啟動「聽覺」或是「視覺」來做學習，其實最終還是需要靠「邏輯」去和「大腦」做溝通。「邏輯」，才是萬法之歸宗。

6. 對成人而言，花時間、花心力去訓練右腦產生圖像的能力或速度，其實是一件開倒車的行為。我們應該是選擇訓練左腦的邏輯能力，而非右腦的圖像能力。

邏輯式超強記憶入門

在邏輯式記憶的世界裡，我們將所有訊號分三大類，那就是圖像、文字和數字。我們用以下的金字塔來表達。

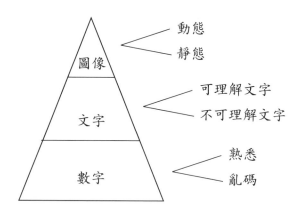

- 圖像與文字的結合：地圖、人體器官、電路圖……
- 文字與數字的結合：歷史年代、河流長度、高血壓值、原子序……
- 圖像與數字的結合：數學、化學公式……
- 文字與文字的結合：文章、法條……
- 文字與數字的結合：圓周率、根號、複利、電話號碼等數值……

　　金字塔的最上層：圖像，可以說是人類最原始的記憶本能，只要它夠誇張，我們連背都不用背，看到就會直接進入大腦。人類在六歲之前，聽覺和視覺之間的皮質層其實是連結的，聽到就等於看到，所以小孩的記憶能力特強。

　　在這時候，如果使用大量的圖像來幫助記憶，它的學習效果相當驚人！但是人類在六歲以後，聽覺和視覺之間皮質層封閉，聽到不再等於看到，要回想圖案漸漸不易。這時取而代之的是邏輯式的思維，也就是金字塔龐大部分的文字和數字區域的表現。

　　看看文字區塊，英文單字的記憶能力就屬於這區塊的展現，不管哪一國語言都是文字。但因文字又分成「可理解文字」和「不可理解文字」。必須將不理解的文字「轉碼」成「可理解的文字」，以上這些可理解的文字馬上就會變成一塊塊的磁鐵一樣，具有磁性，而可以互相吸（住）引（出）。這種理解後將資訊吸住的過程，就是靠「邏輯」。

　　邏輯就像是記憶的魔粉一般，只要在要記憶的東西上灑下邏輯，它馬上就會變成磁鐵，可以互相連接相吸，就好比磁浮列車一樣，可以一節一節地帶動出來。而我們要背的英文單字，其實就只是文字彼此的連結。

　　人類在不斷地成長當中，相對的也不斷地在累積個人所擁有的「已知」記憶，已知越多，邏輯越強。而邏輯式記憶

就是強調要用自己的「已知」來吸住「未知」。這是一種奇妙的現象，那就是──它會將陌生的東西，在大腦重新排列組合，重新組裝成一個熟悉的東西。

練習一：

那麼，現在就以先前提出的十樣物件，進入邏輯的世界，並試著讓圖像盡量少出現，你將會發現，你已經搭上記憶的磁浮列車。

請你試著這樣做：

農夫「砍死」蛇

蛇「捲上」腳踏車

腳踏車「撞倒」自由女神

自由女神「喝」玉米濃湯

玉米濃湯「餵」老鼠

老鼠「啃」玫瑰花

玫瑰花「裝飾」輪船

輪船「運」薯條

吃薯條「邊唱」卡拉OK

　　試試看，是不是進入大腦了？是不是快多了？倒回來是不是也說得出來？這就是成人的智慧，是不是不太需要圖像的幫助，節省圖像，反而產生更多的記憶元作為思考的空間？

練習二：

　　再舉例以下十個新資料，試試看：鬼火、嬰兒、中央山脈、波卡、蓮霧、尿壺、007、淋巴球、棺材、衣領。盡量不要想圖像，用自己的邏輯說出屬於自己的故事（啟動大腦邏輯對談）：

　　鬼火（燒）嬰兒，

　　嬰兒（爬到）中央山脈上，

　　中央山脈下面（賣）波卡，

　　波卡（打開）都是蓮霧，

　　蓮霧（丟）尿壺，

　　尿壺上面（坐著）一位007，

　　007（長滿）淋巴球，

　　淋巴球（滴到）棺材，

　　棺材（露出）衣領。

1. 試著闔上書，說一次。

2. 倒回來說說看。

3. 一個字一個字倒回來。

初期練習或者還不習慣，但一定要堅持再回想一次。陳光老師之所以要強調邏輯式記憶，是因為過度依賴圖像，反而會使記憶速度變慢。唯一的方法，是先將圖像轉化成更快速的文字溝通能力。你會發現，邏輯式記憶在文字的世界裡，不但快，還可以倒過來背。

第四章

自然發音祕笈
大公開

要背英文，需先學會發音

英文能力不外乎聽、說、讀、寫，我們不僅要做到「看字讀音」外，也必須能夠「聽音拼字」。這兩種能力可以讓我們更輕鬆地背誦單字，也能增強我們的閱讀能力與興趣。

語言是約定俗成的說法，不是數學公式，因此我們無法找到百分百的發音定律。但慶幸的是，經過歸納整理後，我們發現多數的英文發音是有規則可循的。

現在，我們就藉由簡單的敘述幫助你發音，如果你有小朋友，你可以用以下的故事敘述教小朋友。如果你無法學會本方法，也可用KK音標，或利用電子字典（有正確發音的呦）作為輔助。總之，發音是記憶英文單字的第一步。

Part I　神奇寶貝

1. 當英文字尾出現母音＋子音＋e 時，e 不發音，而母音會發長母音。
2. 當英文字中出現子音＋母音＋子音時，母音就會發短母音。
3. 當英文字中出現母音＋母音時，前面的母音要發長母音，而後面的母音不發音。
4. 在一個多音節的英文字中，位於輕音節的母音通常是發 [ə] 的音。

　　首先介紹發音的四個神奇寶貝，只要你徹底掌握住這四個寶貝的用法，你的發音能力至少就有六十分了。心動了嗎？想趕快擁有這四個神奇寶貝嗎？不要急，我們會慢慢地向你解說的！

寶貝一：神奇精靈 e

母子＋e

　　這個發音規則是說，當英文字尾出母音＋子音＋e時，e不發音，而母音會發長母音。我們應該如何記住這規則呢？

　　你有沒有玩過電動玩具小精靈？你覺得英文字母e長得是不是很像小精靈呢。英文字母e就是一個具有魔法的小精靈，這個小精靈有著犧牲奉獻的精神，當他看到辛苦的母音媽媽帶著頑皮的子音孩子時，他就會把畢生的功力傳給前面的母音媽媽，於是母音媽媽功力大增，便大聲地叫出自己的名字（長母音）囉！而小精靈e失去了法力，也就發不出聲音來了。

　　真是如此嗎？我們來驗證一下：

母音 a	cake / chase / brave……字尾 e 不發音，而母音 a 叫出自己的名字 [e]。
母音 e	Japanese / scene / these……字尾 e 不發音，而母音 e 叫出自己的名字 [i]。
母音 i	admire / describe / quite……字尾 e 不發音，而母音 i 叫出自己的名字 [aɪ]。
母音 o	alone / propose / stone……字尾 e 不發音，而母音 o 叫出自己的名字 [o]。
母音 u	cute / excuse / produce……字尾 e 不發音，而母音 u 叫出自己的名字 [ju]。

聰明的你，還可以舉出更多的例子嗎？

寶貝二　子夾母

子夾母

這個發音規則是說，當英文字中出現子音＋母音＋子音時，母音就會發短母音。我們應該如何來記住這規則呢？

請你想像一下，當一個母音媽媽身旁帶著兩個頑皮的孩子子音時，媽媽通常就沒輒了，只能發出她原來的聲音（短母音）。

真是如此嗎？我們來驗證一下：

母音 a	Crab / glass / jam / task ……是不是母音 a 發原來的聲音[æ]。
母音 e	Bell / rent / press / sepnd ……是不是母音 e 發原來的聲音[ɛ]。
母音 i	dish / film / win / width……是不是母音 i 發原來的聲音[ɪ]。
母音 o	dollar / fox / upon / topic……是不是母音 o 發原來的聲音[ɑ]。
母音 u	club / drum / run / thumb……是不是母音 u 發原來的聲音[ʌ]。

聰明的你，還可以舉出更多的例子嗎？

寶貝三：大媽和二媽

大媽和二媽

　　這個發音規則是，當英文字中出現母音＋母音時，前面的母音要發長母音，而後面的母音不發音。至於，要如何來記憶這規則呢？

　　我們可以想像每個家庭都應該有家規，如果一個家裡，大媽、二媽同時出現時，後面的二媽就要乖乖地閉嘴，只能讓前面的大媽發言。於是大媽越說越高興，也就得意地叫出自己的名字（長母音）囉！

　　真是如此嗎？我們來驗證一下：

母音 a	pain / rain / delay……前面母音 a 叫自己的名字 [e]，後面母音不發音。
母音 e	agree / feel / meal……前面母音 e 叫自己的名字 [i]，後面母音不發音。
母音 i	tie / dial……前面母音i叫自己的名字 [aɪ]，後面的母音不發音。
母音 o	boat / coast / snow……前面母音 o 叫自己的名字 [o]，後面的母音不發音。
母音 u	blue / cruiser……前面母音 u 叫自己的名字[u]，後面的母音不發音。

※ 注意，w和y在雙母音中屬半母音。

聰明的你，還可以舉出更多的例子嗎？

寶貝四：多音節瘦媽媽

多音節

這個發音規則的重點是，在一個多音節的英文字中，位於輕音節的母音通常是發 [ə] 的音。什麼是多音節呢？多音節是指一個單字有三個以上的音節（一個母音為一個音節）。只要不是在重音節的母音（們），通常是發 [ə] 的音（又稱懶人音）。那又該如何作記憶？

大家想像一下，在一個有大媽、二媽、三媽……的家庭內，女人們最在意自己的體重了。只要是體重輕的（在輕音節）母音媽媽（們），就可能會高興地發出 [ə] [ə] [ə] 的笑聲了。

真是如此嗎？我們來驗證一下：

母音 a	alphabet / banana / umbrella ……輕音節的母音（們）會發[ə]的聲音。
母音 e	interest / telephone / vegetable……輕音節的母音（們）會發[ə]的聲音。
母音 i	accident / dictionary / holiday……輕音節的母音（們）會發[ə]的聲音。
母音 o	handsome / chocolate / condition……輕音節的母音（們）會發[ə]的聲音。
母音 u	hippopotamus / successful ……輕音節的母音（們）會發[ə]的聲音。

聰明的你，還可以舉出更多的例子嗎？

利用圖像學習發音

　　在擁有發音的四大神奇寶貝之後，你可以試著把這四大神奇寶貝彙總成以下的圖像。這種以中心為主軸，向外一層層擴散的圖，就是坊間所流行的心智繪圖。所謂的心智繪圖就是使用左腦的邏輯歸納整理，再加上右腦的創意圖像來輔助記憶。由於每個人的邏輯不同、創意不同，所畫出來的心

智圖當然也不相同了。

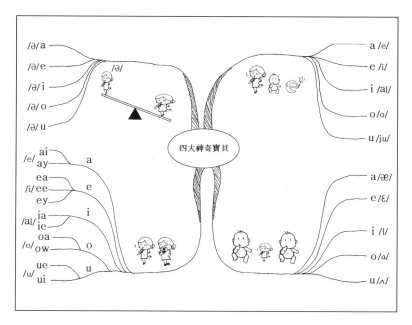

四大神奇寶貝

　　恭禧你！現在你的發音功力至少有六十分了！想不想更
進一步掌握剩下的分數呢？請繼續底下的單元吧！

Part II 奇怪母音家庭

奇怪母音家庭的成員總共有六位，分別是：

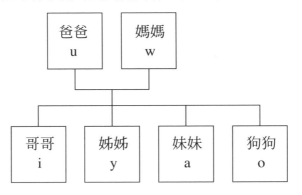

懶散的 a 妹妹：

a 妹妹的個性很懶散，u 爸爸或 w 媽媽叫她幫個忙，她都只會敷衍的說 [ɔ]

aw aw aw　[ɔ] [ɔ] [ɔ]

au au au　[ɔ] [ɔ] [ɔ]

例如：August / because / audience

seesaw / draw / law

你知道嗎？a 小妹最喜歡吃冰棒"l"，如果有兩根"l"，她就會把其中一根藏起來，準備慢慢享用。例如，call 藏一根唸 [kɔl]，talk 藏一根就唸 [tɔk]。

例如：ball / wall / small

walk / chalk / balk

怕寂寞的 o 狗狗：

o 狗狗非常害怕寂寞，每次只要小主人不在家，他都會去找爸媽來陪他玩，如果爸媽不理他，他都會發出短母音 [ʊ] 來引起他們的注意。如果他們還是不理會他，他就會發出狼嚎般的 [u] [u] 聲，告訴爸媽不要再忽視他了！

oo oo oo　[ʊ] [ʊ] [ʊ]

oo oo oo　[u] [u] [u]

例如：book / cook / wood

room / moon / typhoon

爸媽聽到 o 狗狗那麼淒厲的聲音，當然會覺得於心不忍，於是就開始撫摸 o 狗狗的肚子，陪他一起玩遊戲，結果 o 狗狗就發出高興滿意的聲音。

ou ou ou   [aʊ] [aʊ] [aʊ]

ow ow ow   [aʊ] [aʊ] [aʊ]

例如：loud / mouse / sound

　　　 cow / town / allow

下課後，哥哥和姊姊也回到家，o 狗狗超高興的衝到小主人面前，口中咬著他的玩具狗發出 [ɔɪ] [ɔɪ] 的聲音，要小主人陪他玩你丟我撿的遊戲呢！

oi oi oi   [ɔɪ] [ɔɪ] [ɔɪ]

oy oy oy   [ɔɪ] [ɔɪ] [ɔɪ]

例如：avoid / boil / choice

　　　 boy / enjoy / employ

怕主管的 u 爸爸：

爸爸是個有很多想法、卻不敢反駁主管意見的人，尤其是在主管 e 面前，每次開會爸爸的提案都被他反對，爸爸會氣的在心中大喊「[ju] [ju]，就不要有一天讓我當上主管」，但表面上還是只能低聲下氣的以[u][u]回應。

u-e u-e u-e   [ju] [ju] [ju]

u-e u-e u-e   [u] [u] [u]

例如：use / cute / introduce

　　　June / flute / rule

主管批評爸爸的提案，越說越激昂，走到主管 e 身旁等著拿回提案的爸爸，臉色也變得越來越難看，但站在 e 主管旁邊的他，還是只能發出 [u] [u] [u] 的回應聲。

ue　ue　ue　　[u] [u] [u]

例如：blue / glue / true

拿著提案回到辦公室的爸爸，從抽屜中拿出 i 哥哥的照片來，邊看邊發出 [u] [u] [u] 的聲音，心想不斷的安撫自己說「爲了家人，我要忍耐……」

ui　ui　ui　　[u] [u] [u]

例如：fruit / suit / juice

愛美的 y 姊姊：

愛美的 y 姊姊最近迷上減肥，只要其他母音家人一不在，就 [aɪ] [aɪ] [aɪ] 的叫，自憐自艾自己的爛身材。

例如：my / by / cry

每次洗完澡，都可以看到 y 姊姊站在家人前面，捏著自己手臂上的贅肉，左右晃，然後發出 [j] [j] [j] [j] 的聲音，

猛嫌自己的肥肉太噁心了。

　　例如：yes / year / you

　　為了減肥，y 姊姊都會跟在家人後面學做各種減肥操，並且不停的發出 [ɪ] [ɪ] [ɪ] 的聲音呢！

　　例如：happy / carry / angry

利用圖像記錄母音家族

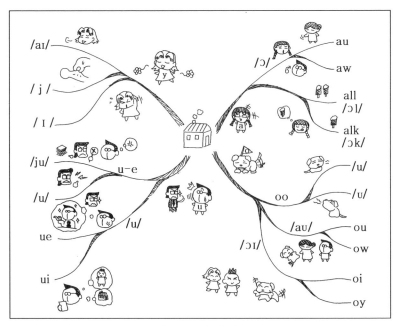

奇怪母音家庭

Part III 花心 h 先生

　　你知道嗎，在英文字母中最花心的人就是 h 先生了。h 先生是一位非常花心又愛講話的人。他先和辣妹 s 小姐交往，在約會時，h 先生口沫橫飛地講個不停，辣妹 s 小姐很有氣質地發出「噓」[ʃ] 的聲音，h 先生還是說個不停，於是倆人就分手了。唉！

　　sh sh sh　[ʃ] [ʃ] [ʃ]

　　例如：shade / shake / shape / sheep / ship

　　接著，h 先生又跟粗魯的 c 小姐約會，但是 c 小姐也受不了多話的 h 先生，常常發出不屑的「去」[tʃ] 的聲音，於是倆人也分手了。唉！

　　ch ch ch　[tʃ] [tʃ] [tʃ]

　　例如：church / choice / chair / chip / chili

　　h 先生再接再勵，又和一位大舌頭的 t 小姐約會。t 小姐原本是含蓄地發出 [θ] [θ] 的聲音，最後便大聲的發出 [ð] [ð]

的聲音來阻止 h 先生說話。當然，結果也是分手了。唉！

th th th　[θ] [θ] [θ] [ð] [ð] [ð]

例如： thick / think / three / this / their / then

但 h 先生不放棄希望，又試著和一位愛放屁的 p 小姐交往，p 小姐在約會時一直放屁放個不停[f] [f] [f]，搞得 h 先生落荒而逃！

ph ph ph　[f] [f] [f]

例如：phone / phonics / photo

而後，h 先生又挑上了一位有著傲人雙峰的 w 小姐。在約會時 h 先生老是叮著 w 小姐的胸部並不時發出「哇……哇……哇……」的讚嘆聲，想當然，w 小姐也和他分手了。

wh wh wh　[hw] [hw] [hw]

例如：when / what / where / why / wheel

可憐的 h 先生，在傷心的情況下偶遇不愛說話的 g 小姐。兩人終於一見鍾情地結婚了。YA！

gh gh gh　不發音！

例如： light / right / night / neighbor

恭喜你又會了一個發音大訣竅！有沒有很想要把它做成

心智圖筆記呢？

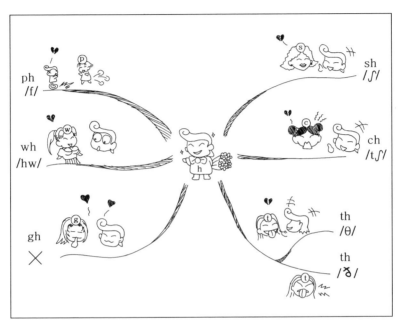

花心大少h先生

Part IV 緊張阿姨 g 和 c

　　現在要介紹兩位緊張阿姨 g 和 c。g 阿姨在看到有人發生意外 (i, e, y) 時，總是會緊張地說：「多看著 [dʒ] 點！多看著 [dʒ]點！」。c 阿姨更是誇張，歇斯底里地嚷嚷：「會死 [s] 喔！會死 [s] 喔！」。真拿她們沒輒。

　　例如：magic / damage / energy

　　　　　city / ceiling / bicycle

緊張阿姨 g 和 c

Part V 戰鬥高手的 r 先生

接下來要和大家介紹一位戰鬥高手 r 先生。他的功夫十分了得，號稱打遍天下無敵手。結果 a e i o u 十分不服氣，要來跟他一較高下。

ar：戰鬥高手首先接受 a 先生的挑戰，但是二三下就聽到 a 的慘叫聲 [ɑr]，饒了我！

arm / alarm / argue / garbage

or：接著換 o 先生來挑戰，結果 o 也是慘叫一聲 [ɔr]，饒了我！

corner / foreign / forest / important

or / er / ir / ur：o 先生不甘心，於是又和 e, i, u 輪番上陣，不讓戰鬥高手 r 先生有休息的時間。可是沒過幾招，o, e, u 三人就受到輕傷（指在輕音節）

發出[ə][ə][ə]的聲音。但是他們仍頑強抵抗，最後四人全都受重傷（指在重音節），接連發出[ɜ][ɜ][ɜ]的聲音，跪地求繞了！

輕音節：doctor / chapter / measure

重音節：word / certain / bird / church

eer：於是ee聯手攻擊戰鬥高手r先生，結果也是被打剩半條命（指ee[i]變成一半音[ɪ]），發出[ɪr]的慘叫音。

deer / beer / career / engineer

ear：ea見此狀，也聯手攻擊戰鬥高手r先生，當然也是剩半條命（指ea[i]變成一半音[ɪ]），發出[ɪr]的慘叫聲。

tear / hear / appear / year

air：ai不信邪，也聯手出馬攻擊戰鬥高手r先生，結果也是倒地剩半條命（指ai[e]變成一半音[ɛ]），發出[ɛr]的慘叫聲。

air / chair / affair / fair

ere：這次他們改變戰略，戰鬥高手r先生被e-e前後夾攻，可是他們仍舊不支倒地，剩半條命（指e-e[i]變成一半

音 [ɪ]），發出 [ɪr] 的慘叫聲。

here / sincere

are：a-e也試著前後夾攻戰鬥高手 r 先生，結果也是倒地剩半
條命（指a-e [e] 變成一半音 [ɛ]），發出 [ɛr] 的慘叫聲。

care / parent / share / rare

　　戰鬥高手r先生很厲害吧！我們可以把這個故事當成是
單打音和雙打音來記喔！

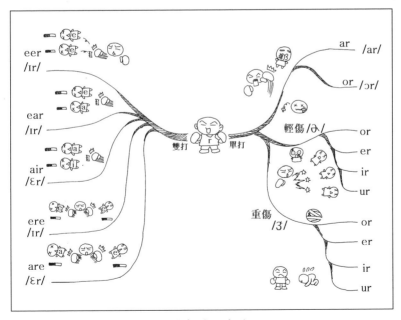

戰鬥高手 r 先生

Part VI 小S - si、su

小s最愛唱卡拉OK了，可是五音不全的她不只自己時常走音，還會害別人跟著走音，真是傷腦筋！

真走音：

跟母音 i, u（唉，喲）一起合唱時，就真的走音了，變成了[ʒ]，惹得大家哭笑不得！

例如：decision / division / television

　　　measure / pleasure / treasure

s先唱假走音：

子音k 跳出來挑戰，讓小 s 先唱，明明是唱 sk sk [sk] [sk] [sk]，可是聽起來卻像是在唱 [sg] [sg] [sg]。

例如：skill / skin / sky / skirt

接著子音 p 也出來挑戰，讓小 s 先唱，明明是唱sp sp [sp] [sp] [sp]，可是聽起來卻像是在唱 [sb] [sb] [sb]。

例如：spot / spend / spider / space

子音 t 也來挑戰，讓小 s 先唱，明明是唱 st st [st] [st] [st]，可是聽起來卻又像是在唱 [sd] [sd] [sd]。

例如：stop / steal / store / student

s 後唱假走音：

子音 t 不信邪，要小 s 跟著他後面唱，明明是要唱ts ts [ts] [ts] [ts]，可是聽起來卻又像是在唱 "ㄘ、ㄘ、ㄘ"。

例如：shirts / pants / ants / cats

接著小 s 又跟子音 d 後面唱，明明是要唱 ds ds [dz] [dz] [dz]，可是聽起來卻像是在唱 "ㄗ、ㄗ、ㄗ"。

例如：birds / cards / friends / kids

　　眞是害人走音王！我們可要留心小 s 來搞蛋哪！

　　聽完有趣的小 s 走音史，要不要試著畫下這個發音故事啊？以下的心智繪圖供你參考。請記住，你自己的創意所達到的記憶效果，一定遠大於直接使用別人的圖像來記憶喔！

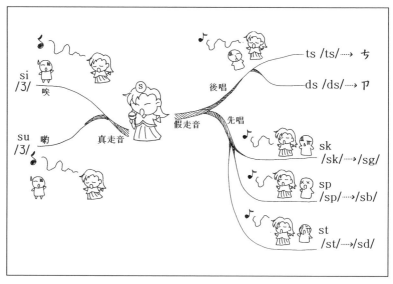

害人走音小 s

Part VII 霸道的 m n r 三兄弟── mb、kn、wr

　　ｍｎｒ三兄弟是最霸道的字母了，他們最愛欺負小不點ｂ，瘦子ｋ及胖子ｗ了。大哥m最喜歡和小不點ｂ出去，因為他老愛支使小不點ｂ做事又不讓他說話，mb mb [m] [m] [m]。二哥ｎ也是，最喜歡躲在瘦子ｋ後面發號施令，也不准瘦子ｋ講話，kn kn [n] [n] [n]。ｒ小弟有樣學樣，也躲在胖子ｗ後面指揮胖子做事，當然也不准他發表任何意見，於是就變成wr wr wr [r] [r] [r]。

　　例如：mb: comb / climb / thumb
　　　　　kn: knee / know /knife
　　　　　wr: wrap / write / wrong

霸道的
ｍｎｒ三兄弟

Part VIII 便便音 ng 和 nk

　　n 先生的胃腸不好但是又特別愛吃東西。他時常帶著 g 小姐和 k 先生吃遍大街小巷，搞得他們也常常吃壞肚子，一直跑廁所。g 小姐當然只是發出含蓄的便便音，ng ng [ŋ] [ŋ] [ŋ]。但是 k 先生可就發出帶勁的便便音了，kn kn [ŋk] [ŋk] [ŋk]。

　　例如：along / among / long

　　　　　ankle / blank / link

　　我們也試著把這個故事畫下來吧！

便便音ng和nk

Part IX 淘氣的雙聲帶子音—— l、m、n、r

你知道子音中誰最淘氣嗎？答案是 l、m、n、r 四兄弟。l、m、n、r 四兄弟在母音媽媽面前說一種話，可是一旦躲在母音媽媽後面，聲音就變樣了。真是拿他們沒辦法！

l：　在母音媽媽面前發的音就好像是注音符號「ㄌ」。例如：lamp、light、lady……可是在母音後就變成「ㄛ」例如：ball、pull、pencil……

m：　在母音媽媽面前發的音就好像是注音符號「ㄇ」。例如：map、mother……可是在母音後就變成「嗯～」好吃。記得，嘴巴要合起來。例如：arm、dim……

n：　在母音媽媽面前發的音就好像是注音符號「ㄋ」。例如：name、nose……可是在母音後就變成「ㄣ」。例如：champion、hungry……

r：　　在母音媽媽面前竟然發出像惡犬的聲音「惹～」。例
　　　　如：row、rain可是在母音後就變成「ㄦ」。例如：
　　　　danger、art……

　　我們也趕快將他們用好玩的心智圖記憶下來吧！

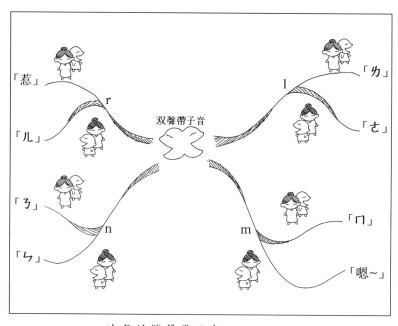

「惹」　　　　　r

「ㄦ」

　　　双聲帶子音

「ㄋ」

「ㄣ」　　　　n

l　　　　「ㄌ」

「ㄜ」

　　　　m　　「ㄇ」

「嗯～」

淘氣的雙聲帶子音l、m、n、r

Part I 諧音法

　　諧音法的運用，就是將單字的發音，與我們早已熟悉的已知作結合。如果你不會KK音標，或者還沒學會前一章所整理的自然發音祕笈，那麼可以準備一台電子辭典在手邊。

　　一般同學背單字時，大半的時間都在不斷地複述，大腦卻一點感覺也沒有。要記住無意義的碎碎唸，是一件多麼困難的事啊！因此，我們投入大量的時間重覆背誦，但結局總是不如人意，這就是沒有效率的學習方法。

　　仔細想想，記不住單字就是我們對這個單字的發音「沒有感覺」。如果，我們可以把單字發音和我們早已熟悉的資訊做緊密的結合，讓它們交叉比對、發生關係，就可以自然而然地記住這個單字！我們所找出來的諧音，就好像是記憶的勾子一般，可以牢牢地勾住想要記的單字。

　　諧音法可藉由諧音的引導，再加上圖像、情境的輔助，來幫助記憶不熟悉單字的發音與意義。換句話說，就是要將轉出來的「發音」和「字義」做連結，將「音」與「義」做緊密結合，達到長期記憶的功效。我們是藉由圖像「搏感情」

式地學單字，而不是沒感覺地死記、死背它。

　　不過，在此還是要提醒各位讀者，諧音法只是幫助記憶的方法之一，當我們藉由諧音記起單字時，千萬要用正確的英文發音來唸出單字，切勿本末倒置，以諧音來唸單字，那學習的效果就大打折扣，而且貽笑大方了。

　　轉諧音的方式可以使用國語、台語、台灣國語、英文、日文，甚至是其他的語言。因爲每個人的成長經驗、知識背景不同，所以同一個單字，可能就會因人而異，進而轉化成各種不同的諧音。只要轉化出來的諧音是自己所熟悉的，就可以達到輔助記憶的功效了。在這本書中，基本上我們是採用中文、台語以及英文來轉諧音。而且當我們使用台語時，我們會加註" "符號來作區隔。

　　以下就是圖像式記憶運用諧音的方法，提供大家參考。

實例一：gorilla [gəˋrɪlə] 大猩猩

轉諧音步驟：

1. 將gorilla用正確發音多唸幾次

　　[gəˋrɪlə]　[gəˋrɪlə]　[gəˋrɪlə]

2. 大家感覺一下，[gəˋrɪlə] 的發音是不是很像中文的**鴿驢拉**？所以我們轉出來的諧音就是**鴿驢拉**。

3. 再用圖像或是情境將轉出來的諧音「發音」和「字義」
做緊密結合。你的腦海就要想像一個畫面：一隻**鴿子**
和一隻**驢子**正賣力地拉著……拉著一隻大猩猩。

4. 如果我們可以試著把圖像畫出來，那麼記憶的效果就
更加鞏固了

gorilla　大猩猩（鴿驢拉）

實例二：elope [ɪˋlop] 私奔

諧音步驟：

1. 將 elope 用正確發音多唸幾次

[ɪˋlop]　[ɪˋlop]　[ɪˋlop]

2. 大家感覺一下，[ɪˋlop] 的發音是不是很像中文的**伊落
跑**？所以我們轉出來的諧音就是**伊落跑**。

3. 再用圖像或是情境將轉出來的諧音「發音」和「字義」做緊密結合。你的腦海就要想像一個畫面：新郎等不到新娘，因爲伊落跑了……和情郎私奔了。

4. 如果我們可以試著把圖像畫出來，那麼記憶的效果就更加鞏固了。

elope　私奔（伊落跑）

實例三：**encyclopedia** [ɪnˌsaɪkləˋpidɪə] **百科全書**

轉諧音步驟：

1. 將encyclopedia用正確發音多唸幾次

　　[ɪnˌsaɪkləˋpidɪə]　[ɪnˌsaɪkləˋpidɪə]　[ɪnˌsaɪkləˋpidɪə]

2. 大家感覺一下，[ɪnˌsaɪkləˋpidɪə] 的發音是不是很像中

文的**硬塞個PDA**？所以我們轉出來的諧音就是**硬塞個PDA**。

3. 再用圖像或是情境將轉出來的諧音「發音」和「字義」做緊密結合。你的腦海就要想像一個畫面：為了顯示有學問，小皮包**硬塞個PDA**……PDA裡面裝了**百科全書**。

4. 我們當然也可以試著把圖像畫出來，讓記憶的效果更加鞏固。

encyclopedia　百科全書（硬塞個PDA）

實例四：**handkerchief** [ˋhæŋkɚtʃɪf] **手帕**

轉諧音步驟：

1. 將handkerchief用正確發音多唸幾次

   [ˋhæŋkɚtʃɪf]　[ˋhæŋkɚtʃɪf]　[ˋhæŋkɚtʃɪf]

2. 大家感覺一下，[ˋhæŋkɚtʃɪf] 的發音是不是很像中文
   的汗可去？所以我們轉出來的諧音就是**汗可去**。

3. 再用圖像或是情境將轉出來的諧音「發音」和「字義」
   做緊密結合。你的腦海就要想像一個畫面：**手帕**的最
   大功效……就是**汗可去**！

4. 我們當然也可以試著把圖像畫出來，讓記憶的效果更
   加鞏固。

handkerchief　手帕（汗可去）

實例五：sentimental [ˌsɛntə`mɛntl̩] 多愁善感的

轉諧音步驟：

1. 將sentimental用正確發音多唸幾次

   [ˌsɛntə`mɛntl̩] [ˌsɛntə`mɛntl̩] [ˌsɛntə`mɛntl̩]

2. 大家感覺一下，[ˌsɛntə`mɛntl̩]的發音是不是很像中文的**山東饅頭**？所以我們轉出來的諧音就是**山東饅頭**。

3. 再用圖像或是情境將轉出來的諧音「發音」和「字義」做緊密結合。你的腦海就要想像一個畫面：**山東饅頭**……是最**多愁善感**的食物了。

4. 我們當然也可以試著把圖像畫出來，讓記憶的效果更加鞏固。

sentimental　多愁善感的（山東饅頭）

親愛的讀者，你是不是跟我一樣覺得諧音法真是一個有趣的記憶方法？其實，只要我們多花一點感情、多下一點心思，背單字，再也不用一味地死記、死背，而可以有更多樂趣。

豆漿店老闆說：「加蛋15塊，不加蛋10塊。」客人回答：「那我在外面等好了。」老闆：「？？？」。原來客人把「加蛋」聽成"這等"（台語發音的「在這裡等」）要15塊了！

豆漿賣完了，伙計問：「有沒有塑膠袋？」老闆很生氣說：「豆漿都賣完了，幹嘛還用拿塑膠袋？」原來，伙計是問：「有沒有事交待？」

Part II 同音整理

　　同音法的運用就是利用已知的單字，去記憶一個和它相同發音的陌生新單字。此時你記憶單字的方法不是一個一個地慢速式記憶，而是經由歸納整理、有系統地去記憶。

　　在圖像式的記憶世界，得藉由圖像、情境式的右腦創意記憶功能，亦即要盡量掌握誇張化、趣味化以及情境化的連結技巧，以符合右腦挑剔的胃口，右腦才會笑咪咪地把這些單字放入它所控管的記憶區。

　　當我們在利用同音法記憶陌生的單字時，有時不免會遇到兩個字都不熟、或是連已知的單字也記不起來。我們可以先利用諧音法，將其中一個單字轉諧音，「搏感情」地把它先記下來，再使用同音法，將另一個和它發音一模一樣的陌生新單字做緊密的結合。日後，當你看到其中一個單字，自然而然的，你會想起它的另一個親密伙伴！

　　同樣的，我們也先用坊間孩子玩的圖像式學習法來體驗一下同音有趣又好玩的學習方式吧！

實例一：ant 螞蟻　和　aunt 伯母

圖像式使用同音法步驟：

1. 驗證發音法是否相同

　　ant [ænt] 螞蟻　　　aunt [ænt] 伯母

2. 選擇你比較熟悉的單字作爲理想的出發點，假設你對 ant 螞蟻比較熟悉，我們就可以利用 ant 螞蟻作圖像、情境的開端。

3. 試著想像一個畫面或情境：你知道 ant 螞蟻最喜歡誰嗎？答案就是 aunt 伯母啦！ant 螞蟻一看到 aunt 伯母，就會馬上爬到她身上。

4. 當然，如果我們可以把圖像畫出來，記憶的效果就更穩固、更不容易遺忘了。

ant 螞蟻 和 aunt 伯母

實例二：flower 花 和 flour 麵粉

圖像式使用同音法步驟：

1. 驗證發音法是否相同

   flower [`flaur] 花　　flour [`flaur] 麵粉

2. 選擇你比較熟悉的單字作為理想的出發點，我想大家
   應該都會選 flower 花做為圖像、情境的開端吧。

3. 試著想像一個畫面或情境：你知道 flower 花要種在那
   裡會長得最好嗎？答案就是 flour 麵粉上啦！想不到
   吧！夠誇張吧！

4. 當然，如果我們可以把圖像畫出來，記憶的效果就更
   穩固、更不容易遺忘了。

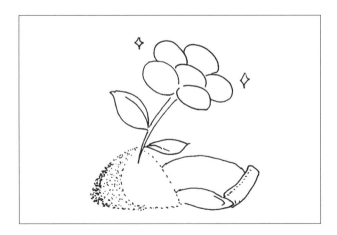

flower 花 和 flour 麵粉

實例三：**chili** 紅辣椒　和　**chilly** 冷颼颼的

圖像式使用同音法步驟：

1. 驗證發音法是否相同

　　chili [ˋtʃɪlɪ] 紅辣椒　　chilly [ˋtʃɪlɪ] 冷颼颼的

2. 選擇你比較熟悉的單字作爲理想的出發點，此時你可能會說沒有一個單字是熟悉的，這時我們就要先選一個單字先用諧音法記住。假設我們選chili紅辣椒，該怎麼記呢？你知道如果你剖開紅辣椒，裡面只有幾粒種子嗎？答案是**七粒**！你的腦海中有沒有產生以下這個圖像呢？

chili　紅辣椒（七粒）

3. 記住chili這個單字之後，接著我們就要再使用同音法來記另一個陌生新單字 chilly 冷颼颼。我們可以想像

一個畫面或情境：chili 紅辣椒最怕 chilly 冷颼颼的天氣了。

4. 現在就讓我們把腦海中的圖像實際畫出來，讓記憶的效果更加鞏固、更不容易忘記喔！

chili 紅辣椒 和 chilly 冷颼颼

覺得同音法好玩嗎？你一定沒想過原來我們可以這樣背單字吧！多花一點心思、多用一點創意，你會得到更大的回饋，也就是更棒的記憶效果。相信我，你用"搏感情"的態度記憶單字，你一定會獲得想像不到的學習樂趣與成效！

Part III 押韻圖像

　　在快速記憶方法之中，除了圖像、情境，我們還可以藉助聽覺中音韻、節奏的輔助，達到既有趣味又有效率的學習成果。

　　還記得在第一章節我們提到的不同學習風格嗎？如果你是偏向聽覺型的學習風格，那麼多多利用音韻與節奏來當學習的調味料，一定會產生非常正向的學習效果。如果你是介於聽覺型和視覺型學習者，押韻圖像記憶方法，也是不錯的選擇。

　　押韻圖像法就好比是我們小時候在背唐詩三百首一樣，詩詞之所以可以讓人朗朗上口，就是因為它掌握了音韻。例如大家耳熟能詳的〈靜夜思〉：「床前明月光，疑是地上霜，舉頭望明月，低頭思故鄉。」就是因為字首押了尢韻，所以容易記下。

　　此時，如果我們加上情境、意境的想像，記憶的效果一定大於光有音韻的背誦。再進一步，如果我們可以把想像中的圖像，用誇張、有趣的方式畫下來，再次經由視覺上的學

習，你覺得成效又是如何呢？

再次強調我們對學習的信念：學習應該是一件有趣、可以令人產生愉悅收穫的滿足感與成就感。如果會覺得學習是痛苦、無奈又乏味的一件事，是因為沒有找到正確的學習方法，所以對學習心生畏懼，甚至感到厭惡。

而這也是我們為什麼要寫這本書的目的，希望所有讀者能夠從這本書中找到各種方法交互使用，來幫助我們既快樂又高效率的享受學習過程。

實例一：pig、wig、jig、dig

pig	[pɪg]	豬	(n.)
wig	[wɪg]	假髮	(n.)
jig	[dʒɪg]	跳吉格舞	(v.)
dig	[dɪg]	挖掘	(v.)

以上四個單字都是押 [ɪg] 的音韻，我們除了可以大聲朗誦它們之外，還可以輔以故事、情境的帶動。大家可以想像一個畫面，有一隻豬 pig，最喜歡帶著假髮 wig，跳著吉格舞 jig，還一邊到處挖掘 dig，夢想能挖到寶藏，就可以買更多的假髮了。所以這個故事就是 pig、wig、jig、dig。記得在使用音韻法時，一定要人聲、多次朗讀它們，讓這些押韻的

字群以音韻的節奏感進入你的大腦之中。

　　Pig、wig、jig、dig／pig、wig、jig、dig／pig、wig、jig、dig。記得要用嘴巴和耳朵一起學習，讓自己多唸幾遍，多聽幾次喔。

　　如果你腦海中產生的圖像並不鮮明，就讓我們幫助你把圖像具體呈現出來。只要不斷地刺激、使用右腦圖像功能，練習的次數愈多，產生圖像的速度也就會愈快速。

愛戴假髮的豬　pig、wig、jig、dig

實例二：**coke、joke、poke、choke**

coke	[kok]	可口可樂 (n.)
joke	[dʒok]	笑話 (n.)
poke	[pok]	戳 (v.)
choke	[tʃok]	噎到 (v.)

以上四個單字都是押 [ok] 的音韻，當然除了大聲朗誦之外，還可以輔以故事、情境的帶動，加一些學習調味料來幫助記憶的效果。大家可以想像一個畫面，你正在喝可口可樂coke 的時候，旁邊有人說了一個笑話 joke 之後，又戳 poke 了你一下，結果你就噎到 choke 了。

coke、joke、poke、choke／coke、joke、poke、choke／coke、joke、poke、choke。記得要使用嘴巴和耳朵來做學習，讓自己多唸幾次、多聽幾次喔！

照例，以下的故事圖像我們還是把它實際呈現出來供你參考。這本書雖然可以教大家各種學習方法，也帶著大家做實際的操作與練習。但是，方法學會了、技巧學會了，接下來就要靠自己不斷地練習。就好比學游泳一般，方法、姿勢、訣竅都傳授給你了，能不能游得很順暢、速度是否愈來愈快，就一定要靠自己不斷地練習又練習了。

被可樂噎到了　coke、joke、poke、choke

實例三：**cat、mat、pat、rat、bat**

cat　　[kæt]　　貓 (n.)

mat　　[mæt]　　草蓆 (n.)

pat　　[pæt]　　輕拍 (v.)

rat　　[ræt]　　老鼠 (n.)

bat　　[bæt]　　蝙蝠 (n.)

　　以上五個單字都是押 [æt] 的音韻，在大聲朗誦幾次掌握了音感之外，我們再加以故事、情境的輔助，來幫助記憶在大腦刻劃的深度。大家可以想像一個畫面，有一隻奇怪的貓 cat，趴在草蓆 mat 上，一手輕拍 pat 老鼠 rat，另一手輕拍蝙蝠 bat。眞是太奇怪的貓了。

　　Cat、mat、pat、rat、bat / cat、mat、pat、rat、bat / cat、mat、pat、rat、bat。記得要使用嘴巴和耳朵來做學習，讓自己多唸幾次、多聽幾次喔！

　　照例，我們把上述故事圖像畫出來供你參考。你自己也可以試著畫畫看喔！對自己親手畫的東西會記憶更深喔！

奇怪的貓　cat、mat、pat、rat、bat

實例四：crab、cab、tab、lab

crab　[kræb]　螃蟹 (n.)

cab　　[kæb]　計程車 (n.)

tab　　[tæb]　標籤 (n.)

lab　　[læb]　實驗室 (n.)

　　以上四個單字都是押 [æb] 的音韻，在大聲朗誦幾次掌握住音感之後，我們還是可以再加上故事、情境的學習調味料來加深我們對這些字群的記憶。大家可以想像一個畫面，有一隻螃蟹 crab 開著一輛計程車 cab，車門夾著一串標籤 tab，急忙地往實驗室 lab 前進。

　　Crab、cab、tab、lab／crab、cab、tab、lab／crab、cab、tab、lab。記得要使用嘴巴和耳朵來做學習，讓自己多唸幾次、多聽幾次喔！

　　照例，我們把上述故事圖像畫出來供你參考。你自己也可以試著畫畫看！自己親手畫的東西會記憶更深喔！

開計程車的螃蟹　crab、cab、tab、lab

　　親愛的讀者，你現在是不是和我一樣覺得，原來記憶英文字也可以是這麼好玩的一件事！沒錯，我們就是要讓你親身體會，什麼叫做「快樂又有效率的學習」！

Part IV

一次記更多

「吃葡萄不吐葡萄皮，不吃葡萄倒吐葡萄皮」、「門外有四十四隻獅子，不知是四十四死獅子？還是四十四隻石獅子？」相信各位一定玩過類似的中文繞口令吧！繞口令，顧名思義，就是一個會讓你的舌頭打結、用來訓練你舌頭靈活度的語言遊戲。

這種藉由遊戲方式的語言訓練，當然可以用在英文的學習上，這種方法的學習效果，絕對大於傳統死記死背的效果，而且可以一次記更多！

實例一：

She sells sea shells by sea shore.

她在海邊賣貝殼。

《單字註解》

1. sell [sɛl] 賣 (v.)

2. shell [ʃɛl]　貝殼 (n.)

3. shore [ʃor]　岸邊 (n.)

實例二：

How many cans can a canner can if a canner can can food?

如果罐頭製造商可以把食品裝罐，那他可以裝多少個罐頭？

《單字註解》

1. can [kæn]　　　罐頭 (n.)；把（食品等）裝罐 (v.)

2. canner [ˋkænɚ]　罐頭製造商 (n.)

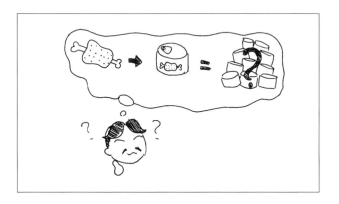

實例三：

Any noise annoys an oyster.

有噪音惹惱了這隻牡蠣。

《單字註解》

1. noise [nɔɪz] 噪音 (n.)

2. annoy [əˋnɔɪ] 惹惱 (v.)

3. oyster [ˋɔɪstɚ] 牡蠣 (n.)

實例四：

Seven selfish shellfish.

七隻自私的甲殼水生動物。

《單字註解》

1. selfish　[`sɛlfɪʃ]　自私的 (adj.)

2. shellfish [`ʃɛl,fɪʃ] 甲殼水生動物 (n.)

實例五：

One thumb, two thumbs, three thumbs, four thumbs,

five thumbs, six thumbs, seven thumbs, and more......

有一隻拇指、兩隻拇指、三隻拇指……，還有更多。

《單字註解》

1. thumb　[θʌm]　拇指 (n.)

※練習和中文發音最不同的 [θ]，舌頭記得要伸出來。

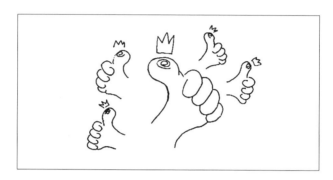

實例六：

Jessie sailed far away, and she is sailing back today.

潔西航行到很遠的地方，她今天正要回航。

《單字註解》

1. sail [sel]　　　 航行 (v.)

2. sailing [`selɪŋ] 航行 (v+ing)

第六章

超越圖像，
邏輯取勝

什麼是「邏輯」？

相信很多人一聽到「邏輯」兩個字就會感到莫名的恐懼感。因為人們總覺得「邏輯是數學的語言」，「邏輯是讀理工科人的專長」。錯！錯！錯！千萬別被「邏輯」這兩個字給唬住了！

什麼是邏輯呢？每個人的**邏輯**其實是建立在自己的已知。請回想一下，我們是不是常會聽到有人說：「你的邏輯好奇怪喔！怎麼會這麼認為呢？」那是因為，邏輯是利用「自己的已知」導未知。當人們在面對未知的資訊時，就會先搜尋自己大腦中的已知，從已知去連結、去解釋未知，最後形成自己的認知。有了認知後，才能漸漸形成記憶。

所以說：「有邏輯、有記憶；沒邏輯、沒反應。」正因為每個人的學習環境、成長背景不同，個人已知的形成也不相同。因此在面對各種資訊、判斷事物時，每個人都會有自己獨特的一套邏輯思維方式。

當我們在使用自己的邏輯去做搜尋、比對的動作時，如果可以確實掌握住大小、方向、先後順序、善惡、美醜等原則，你的連結速度一定是比漫無目標來得快速與正確。

而邏輯在記憶上的運用，訣竅就在於掌握並使用「自己的邏輯」，也就是從「自己的已知」去解釋、連結未知的資訊，才會發揮最大的記憶效果。別人的邏輯是無法順利進入

自己的大腦的。只有自己的已知（自己的邏輯）才可以毫無阻礙、輕輕鬆鬆地被自己的大腦所接納與記憶。

　　這也就是坊間那麼多種英文單字書，無論把圖像畫得多麼誇張，我們還是很難看完後就把單字背下來的關係。就因為每個人的邏輯都不同，每個人的記憶方式當然也都不一樣。

什麼是「記憶磚塊」、「記憶庫」？

　　記憶磚塊就是「你所擁有的已知」，而存放你記憶磚塊（已知）的空間，就稱之為「記憶庫」。當我們使用邏輯來記憶時，你的已知愈多，可以取得的記憶磚塊就愈多，可以搜尋、比對的來源愈充足，自然記憶速度也就會愈快速。換句話說，「記憶磚塊」的多寡、以及「資料庫」是否有系統的排列，是決定學習速度快慢的最重要關鍵。

　　當邏輯運用在背英文單字時，如果你腦中的「已知」單字愈多，你就愈容易在陌生的單字裡找到你熟悉的字，也就愈容易幫助你記憶新的單字。反過來說，如果你「已知」的單字愈少，你就愈要花更多的時間、費更多的心思去增加更多的邏輯和聯想，甚至運用「母語」。

　　邏輯式學習法運用成熟，速度就像搭乘磁浮列車一般。因為我們是利用「已知」的記憶磚塊來吸附未知的資訊。一

且我們將未知的資訊「磁化」，那麼原本未知的資訊就會產生磁性，而與前面已知的記憶磚塊相吸，進而轉化成屬於自己的另一個已知的記憶磚塊。就這樣不斷地相吸，好比磁浮列車一般，一節一節地互相帶動、互相牽引，學習的速度當然也就不斷地加快。

如何將未知的的資訊「磁化」？

答案就是要把它們變成自己「可理解的文字」。一旦將資訊變成（轉碼成）可理解的文字，這些可理解的文字就會變成像是一塊塊具有磁性的磁鐵一般，可以和其他的記憶磚塊互相吸（住）引（出）。這個互相吸（住）引（出）的動作在邏輯式記憶法中，我們稱之為「鎖碼」。不論是「轉碼」（轉換成可理解文字，也就是磁化）或是「鎖碼」（兩兩相吸）的過程，都必須要加入「邏輯」才會產生變化。邏輯就好比是記憶的魔粉一般，只要在我們在未知資訊上灑下邏輯，用我們的已知去搜尋、比對它，它就會具有強大的磁性，可以互相吸引。這種學習的加乘效果與威力是十分強大的，也是圖像式記憶所望塵莫及的。

邏輯式記憶的兩大方法

當你使用邏輯搜尋、比對你的已知記憶磚塊時，有下列兩大方法：

方法一：英文吸英文

1. 用發音
2. 用字義
3. 用字形

方法二：中文吸英文

什麼是英文的發音吸英文呢？當你看到單字中有 u，你馬上會聯想到 you。這就是所謂的利用英文 you 的音去吸新的英文單字中的 u。什麼是英文的字義吸英文呢？當你看到單字中有 in，你馬上就會用 in 的字義去吸新的英文單字中出現的 in。至於用英文的字形吸英文，那就變化多端了。例如當你看到單字中有 som，可能就會用相似的字 some 來吸 som。又或者你看到 san，你可能會用 sun 或者是 son 來吸住單字中的 san。

重點來了，每人的邏輯不同，所搜尋、比對到的記憶磚塊自然也不同。究竟是 sun 比較好？還是 son 比較好？標準答案是，唯有用自己的邏輯才會有效。要用自己的邏輯去和自己的大腦做溝通，因為，強迫自己的大腦接受別人的邏輯，是一件困難的事。

有時，如果在大腦中搜尋不到適用的英文單字時，是可以借重母語輔助的。例如，當你看到英文單字中有 nia，如果你找不到可用的英文單字來吸住它，那麼你就可以找我們熟悉的中文「你啊」來使用。當然這裡的中文並不侷限在母語，它也可以是日文、韓文、法文……只要是你熟悉的已知，都可以拿來當記憶的磚塊運用。

但是請注意，我們還是鼓勵大家盡量先用英文吸英文，如果找不到，才使用中文吸英文。畢竟，我們是在背英文單字，如果大量使用英文吸英文，那麼才更容易有加乘的效果。此外，還記得我們之前所提到的觀念嗎？背單字是記憶學非單純的文字學。在這裡所使用的邏輯式記憶法，並沒有文字學上的意思，純粹是為了記憶上的效果而使用。

邏輯式記憶的四大步驟

　　知道方法，再來就是要有明確的實行步驟了。邏輯式記憶法的四大步驟如下：

步驟一：中文磁化（轉碼），讓中文變成可理解的文字，這個階段是讓右腦明顯開出一個「記憶庫」。

步驟二：7±2原理（解碼），超過七個字母以上的英文，按音節剪開。

步驟三：英文磁化（轉碼），依音、義、相似字轉碼成可理解的文字，本階段將英文單字轉成可互相吸引的「記憶磚塊」。

步驟四：鎖碼（灑下記憶的魔法），加入邏輯，瞬間記憶。

　　當你在背一個單字時，如果你連中文的意思都無法理解，這個單字在大腦會自動歸位嗎？當然首要步驟就是要把單字的中文意思轉成「你可理解的文字」，轉成可理解的文字才會具有磁性，而這個磁化的的動作即所謂的轉碼，形成一個記憶庫。

　　接下來就是要符合大腦運作的功能，還記得大腦的魔

咒，一個人類無法克服的悲哀：「７±２原理」嗎？人類大腦記東西一次不可超過七樣。如果超過七樣，大腦之內的海馬體就會自動關閉，拒絕做記憶的動作。所謂「知己知彼，百戰百勝」，既然知道了海馬體的習性，那麼我們就要將超過七個字母的單字做「拆、剪」的動作，來「騙」過海馬體。

也就是說，我們每次的記憶都不超過七個字母，這個將單字「拆、剪」的動作就叫做「解碼」。至於拆、剪字的原則，最好是先按音節剪，如果找不到適當的邏輯將字磁化，那麼再考慮用字義或字形去拆剪。

解了碼之後，接下來就是要把陌生的英文單字轉碼，變成自己可理解的文字，也就是磁化的動作。英文單字轉碼的兩大方法就是用已知的英文導出未知的英文，或是已知的中文導出未知的英文，也就是用自己的邏輯去搜尋，形成自己的記憶磚塊。

接下來當然是要灑下記憶的魔粉，加入邏輯把這些已經具有磁性的記憶磚塊，牢牢地串連在一起，這就是「鎖碼」。用自己的邏輯，把這些已經是可理解的文字互相吸引，也就是「只需用左腦的邏輯跟右腦對話一次，右腦就會記住了。」

還記得人類一次可記600～1200個記憶磚塊嗎？還記得

「程序記憶」和「陳述記憶」的差別嗎？請不要再把大腿肌肉的記憶原理拿到大腦裡使用了！請相信並正確使用人類大腦的神奇功能，你才能達到事半功倍、高效率的學習成果。

再次確認文字

由於我們是採用邏輯式記憶學的原理背單字，中間經過了轉碼、鎖碼的過程來幫助記憶。當這個單字已經邏輯化進入你的大腦之後，請記得要再次確認文字，包括正確的字母和正確的排列順序。

也許你會擔心，經過轉碼又鎖碼之後，還能正確無誤的拼出單字嗎？再告訴你一個大腦的神奇功能——人腦對於七個字元以下的東西，有「照相」的功能。

也就是說，如果你以「7±2原理」的方式背單字，當你用邏輯來分析單字的組成、轉碼、鎖碼的過程中，加上發音啓動聽覺，其實你早已把它們比對後，存入腦海之中了。

所以，當你完成邏輯式記憶的四大步驟之後，請務必要再次確認文字。這是在檢查你是不是能夠把你磁化的文字給抓回來，還原成原來的單字，而達到正確的記憶。

在做這個確認的動作時，你將會明白的感受到大腦對於

七個字元以下的單字，的確具有「照相」的功能。也就是說，經拆解後再用邏輯與右腦做溝通，溝通一次拼法後，想忘掉也難啦！

順帶一提陳光老師的小撇步——試著不看單字，把單字倒過來拼一次看看！有很多人的反應都是：「蝦米？要倒背英文單字？那只是一種噱頭、在耍帥吧？」但是，聰明的你在了解邏輯式記憶原理之後，你是不是已經知道為什麼我們要試著把單字倒回來唸的原因了呢？

沒錯！**將單字倒回來唸的目的不只是在確認你所用的邏輯，同時也是在確認單字在大腦的定位，加深記憶在你大腦形成的腦迴刻痕**。倒過來拼一次，等於順著唸十次！如果你可以倒著想出英文單字，那就表示這個單字已經深深地刻在你的右腦上了！

睡前複習＋3P

經過上述過程，深刻在你右腦上的單字還是可能會隨著時間而遺忘的。所以，別高興得太早喔！還有一件重要的事，那就是一定要在睡前做一次複習，一旦進入睡眠的第五期，也就是快速動眼時期的 β 波階段，大腦會自動將白天所

學到的東西再叫出來，不斷重複翻轉千萬次。

　　這是為了讓潛意識在你睡眠時，將白天所學的東西放入長期記憶區。只要隔天再做一次複習，也就掌握所謂的3P時效（P表示練習practice）。記得，同一個單字要間隔八小時做三次練習，尤其別忘了在睡前回想的那一次，就可以戰勝大腦的遺忘缺陷。這就是最佳學習技巧（邏輯式記憶）和學習捷徑（大腦遺忘曲線）的超強結合。

　　有人會問，記憶力是可以訓練得來的嗎？要知道，騎腳踏車是透過訓練得來的，走路也是（想想小時候剛開始爬行時），吃飯更是如此（想想當年還靠人餵食呢）。所以，記憶力當然也可以靠訓練得來啊。世上只有一樣東西不須要訓練就會的，那就是——放棄！

練習一：hegemony [hiˋdʒɛmənɪ]　霸權

＊步驟一：中文磁化（轉碼）

　　首先要確認「霸權」這個中文名詞，是不是你的可理解文字，如果不是，就要先把它「轉碼」成你的可理解文字，中文才會具有磁鐵一般的吸力，「霸權」就是霸道使用權力。

✽ 步驟二：7±2原理（解碼）

　　檢查這個單字是否超過七個字母。hegemony 有八個字母，超過七個就要「拆、剪」，也就是「解碼」。最好的剪法是照音節剪，所以我會把它拆成 he • ge • mony

✽ 步驟三：英文磁化（轉碼）

　　現在要將剪開（解碼後）的字，依照自己的邏輯做「轉碼」的動作，也就是要讓英文字產生磁性。這時就可能會有許多不同的轉碼結果了，例如：

　　A. 我的邏輯會把它轉碼成：

he	→	他	【以英文（字義）吸英文】
ge	→	get	【以英文（字形）吸英文】
mony	→	money	【以英文（字形）吸英文】

　　B. 有人的邏輯會把它轉碼成：

he	→	他	【以英文（字義）吸英文】
ge	→	劫	【以中文吸英文】
mony	→	money	【以英文（字形）吸英文】

✽ 步驟四：鎖碼（灑下記憶的魔法）

　　A. 邏輯鎖碼為：

　　他（he）拿（ge）錢（mony）都是因為擁有霸權。

◎ hegemony 的轉碼、鎖碼過程

he ＋ ge ＋ mony ＋ hegemony 霸權

↓　　⇝　　⇝

他　get 拿　money 錢

↓ → 代表可理解的文字（記憶方塊）

⇝ → 代表轉碼

＋ → 代表鎖碼

B. 邏輯鎖碼為：他（he）劫取（ge）錢（mony）都是因為擁有霸權。

◎ hegemony 的轉碼、鎖碼過程

he ＋ ge ＋ mony ＋ hegemony 霸權

↓　　⇝　　⇝

他　劫取　money 錢

請記住，用自己的邏輯，大腦一定會接受。用別人的邏輯，就會記得很辛苦，甚至記不住。坊間的眾多英語工具書，之所以不見得有用，是因為那是作者的邏輯，而不是你

自己的。

當你用自己的邏輯成功串連之後，記得要再次確認文字。**霸權**是 hegemony 不是 hegetmoney。並試著不看字倒回來拼拼看，有沒有發現到此時的你，竟然是依照腦海中的單字影像，一個字母一個字母地往前拼出來。

所以，倒回來唸，不僅僅是在確認你所用的邏輯，同時也是在確認單字在大腦中的定位。倒過來拼一次的效果，等於順著唸十次！！

練習二：euthanasia [ˌjuθəˋneʒɪə] 安樂死

＊步驟一：中文磁化（轉碼）

首先要確認「安樂死」這個中文名詞是不是你的可理解文字，如果不是，就要先把它「轉碼」成你的可理解文字，中文字才會具有像磁鐵一般的吸力。「安樂死」就是使用外力讓他安心快樂地死去。

＊步驟二：7±2原理（解碼）

檢查這個單字是否超過七個字母。euthanasia 有十個字母，超過七個就要「拆、剪」，也就是「解碼」。最好的剪法是照音節剪，如果你的邏輯無法搜尋到適合的已知，再試著

用字義或字形拆剪。所以我會把這個單字拆成 e · u · than · asia

✱ 步驟三：英文磁化（轉碼）

現在要將剪開（解碼後）的字，依照自己的邏輯做「轉碼」的動作，也就是要讓英文字產生磁性。這時就可能會有許多不同的轉碼結果了，例如：

A. 我的邏輯會把它轉碼成：

e	→	E 世代	【以英文（發音）吸英文】
u	→	you 你	【以英文（發音）吸英文】
than	→	比較	【以英文（字義）吸英文】
asia	→	亞細亞	【以中文吸英文】
		或Asia	【以英文（字義）吸英文】

B. 有人的邏輯會把它轉碼成：

e	→	E 世代	【以英文（發音）吸英文】
u	→	you 你	【以英文（發音）吸英文】
than	→	比較	【以英文（字義）吸英文】
as	→	像	【以英文（字義）吸英文】
i	→	我	【以英文（字義）吸英文】
a	→	一個	【以英文（字義）吸英文】

＊步驟四：鎖碼（灑下記憶的魔法）

A. 邏輯鎖碼為：E世代（e）的你（u）比（than）亞細亞（asia）的人能接受安樂死。

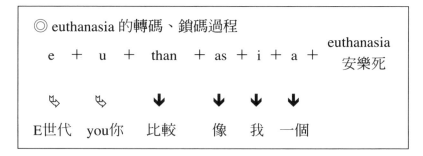

B. 邏輯鎖碼為：E世代（e）的你（u）比較（than）像（as）我（i）一樣是 一個（a）能接受安樂死的人。

◎ euthanasia 的轉碼、鎖碼過程

e ＋ u ＋ than ＋ as ＋ i ＋ a ＋ euthanasia 安樂死

E世代　you你　比較　　像　我　一個

再次提醒，你的大腦只能接受自己的邏輯，因此用自己的邏輯最有效。還有請再次確認文字，安樂死的拼法是euthanasia。並請試著不看字倒回來唸唸看，倒過來拼一次，等於順著唸十次！！

練習三：enterovirus [ˌɛntəroˋvaɪrəs] **腸病毒**

＊步驟一：中文磁化（轉碼）

　　首先要確認「腸病毒」這個中文名詞是不是你的可理解文字，如果不是，就要先把它「轉碼」成你的可理解文字，中文字才會具有磁鐵一般的吸力。「腸病毒」就是小孩子最容易被傳染到的病毒。

＊步驟二：７±２原理（解碼）

　　檢查這個單字是否超過七個字母。enterovirus 有十一個字母，超過七個就要「拆、剪」，也就是「解碼」。最好的剪法是照音節剪，如果你的邏輯無法搜尋到適合的已知，再試著用字義或字形拆剪。所以我會把這個單字拆成 en ● te ● ro ● virus

＊步驟三：英文磁化（轉碼）

　　現在要將剪開（解碼後）的字，依照自己的邏輯做「轉碼」的動作，也就是要讓英文字產生磁性。所以我的邏輯會把它轉碼成：

en	→	硬	【以中文吸英文】
te	→	特	【以中文吸英文】
ro	→	肉	【以中文吸英文】
virus	→	病毒	【以英文（字義）吸英文】

✱ 步驟四：鎖碼（灑下記憶的魔法）

我的邏輯鎖碼為：腸病毒是一種硬（en）的特（te）別的肉（ro）所形成的病毒（virus）。

◎ enterovirus 的轉碼、鎖碼過程

en ＋ te ＋ ro ＋ virus ＋ enterovirus 腸病毒

↯　　↯　　↯　　　↓

硬　　特　　肉　　　病毒

別忘了要用自己的邏輯外加再次確認文字。也請試著不看字倒回來拼拼看，因為倒過來拼一次，等於順著唸十次！！

練習四：spaghetti [spə`gɛtɪ] 義大利麵

✱ 步驟一：中文磁化（轉碼）

　　首先要確認單字的中文名詞是不是你的可理解文字，如果不是，就要先把它「轉碼」成你的可理解文字，中文字才會具有磁鐵一般的吸力。「義大利麵」就是外國人愛吃的麵條。

＊步驟二：7±2原理（解碼）

　　檢查這個單字是否超過七個字母。spaghetti 有九個字母，超過七個就要「拆、剪」，也就是「解碼」。最好的剪法是照音節剪，如果你的邏輯無法搜尋到適合的已知，再試著用字義或字形拆剪，所以我會把這個單字拆成 spa • g • he • tt • i

＊步驟三：英文磁化（轉碼）

　　現在要將剪開（解碼後）的字，依照自己的邏輯做「轉碼」的動作，也就是要讓英文字產生磁性。所以我的邏輯會把它轉碼成：

spa	→	SPA三溫暖	【以英文（發音）吸英文】
g	→	個	【以中文吸英文】
he	→	他	【以英文（字義）吸英文】
tt	→	踢（兩下）	【以中文吸英文】
i	→	我	【以英文（字義）吸英文】

＊ 步驟四：鎖碼（灑下記憶的魔法）

我的邏輯鎖碼為：在洗SPA（spa）時，有個（g）他（he）踢了我兩下（tti），結果就把義大利麵吐出來了。

◎ spaghetti 的轉碼、鎖碼過程

spa ＋ g ＋ he ＋ tt ＋ i ＋ spaghetti 義大利麵

⬇　　🖐　⬇　　🖐　⬇

SPA　　個　　他　　踢（兩下）我

如果你覺得我的邏輯很怪，那千萬別用，一定要使用自己的邏輯才行喔！並且記得要再次確認文字，試著倒回來拼拼看！

最後，想問讀者一個問題，如果你是選擇圖像式記憶，若不按音節剪開符合７±２原理，對於冗長的單字，你想得到方法來記以上這些單字嗎？你能順利聯想到諧音嗎？我相信絕大多數的人是想破頭也想不到這些字的諧音。

或許你可以找到或是使用別人轉好的諧音來記這個單字，但是你的拼字能力又如何呢？如果別人沒告訴你轉好的諧音，你是不是又要淪落到原來的碎碎唸記憶法呢？你要買別人釣好的魚才吃得到魚、還是要自己擁有釣魚的技巧？聰明的你，要選擇那一種記憶的方法呢？

　　更多的**邏輯**式單字記憶方法練習，請參閱《吸英大法－教你1小時背400個英文單字》一書（布克出版）或DVD教學帶。

　　西遊記的故事中有一位銀角大王，他有一個神奇的葫蘆。一旦銀角大王叫你的名字，如果你有了反應，那麼你將會被吸入葫蘆之內，爲銀角大王所收服。

　　文字也是一樣的，你對文字有反應，文字才被你的大腦吸進來。

第七章

邏輯訓練區

Part I　基礎的拆、組字

　　有一位智者問在工地內來回挑著磚塊的三個工人，你在做什麼？第一個工人回答：「我在努力挑磚塊。」第二個工人回答：「我正在砌一片牆！」第三個工人回答：「我在蓋一棟大教堂呢！」

　　同一個單字，每人看到的狀況不同，聰明的你在單字裡看到了什麼？

邏輯專區

＊七個字元以下，配合邏輯敘述，人類有類似照相的功能，這就是 7 ± 2 的原理。

＊多於七個字元以上的單字：拆字。拆字有三種方法：
  1. 按音節
  2. 按字義
  3. 按字形

＊你的基本字彙要多，已知愈多，你的邏輯就愈強。背單字，就好像在玩記憶磚塊遊戲一樣。把大樓拆解、轉碼成一塊一塊的記憶磚塊，再把它們一塊一塊地拼回去。

在英文單字中，我們可以發現有些字的組合竟然是「1＋1＝3」？沒錯，就是一個單字加上另一個單字就可以組合成第三個單字。這就是我們這小節要介紹的拆、組字。

例如，black 黑色 ＋ board 板子 ＝ blackboard 黑板。在我們教室內黑板的英文就是 blackboard。你瞧，在 blackboard 這個單字，我們是不是可以把它拆成三個獨立的單字，那就是black 黑色、board 板子和blackboard 黑板。

另外再告訴你，你知道嗎？在台灣我們習慣說黑板是 blackboard，但是美國人卻是習慣稱黑板是 chalkboard。chalk 粉筆 ＋ board 板子 ＝ chalkboard 黑板。

如果你在字裡面有不會或是老是記不住的單字時，就必須要先使用本書所介紹的單字記憶法，先把這個陌生的單字成為自己的已知。等到個別加強之後，你就會有更多的英文單字記憶磚塊，來幫助你加速邏輯搜尋的速度。

當我們做拆、組字這類文字組合遊戲的同時，你會以為不知不覺之間，你又多看了幾遍、多練習了幾次同樣的單字，就以為會記起來了?! 但是無論重覆幾次，仍有忘掉的可能。除非……答對了，運用睡前的快速動眼期，啟動 β 波！所以，記得要做睡前的邏輯式複習。

如果你要教六歲以下的孩子，或者你本身是偏愛圖像學習的學員，你當然可以把我們拆、組下來的字畫成一幅圖像

來加深印象。你的單字與圖像連結得愈緊密，你的記憶深度也相對地愈加牢固。

實例一：**catchfly** [ˋkætʃˏflaɪ] 捕蠅草

這個單字超過七個字元，所以要做解碼，也就是拆、剪的動作。不管你是從音節剪或是字義剪，你都可以把它拆成 catch 和 fly 這兩個單字：

catch [kætʃ] 捕捉 (v.)

fly [ˋflaɪ] 飛 (v.)；蒼蠅 (n.)

相信這兩個單字大家都不陌生，所以我們只要加入邏輯，把單字鎖碼即可。我的邏輯是：**捕蠅草**（catchfly）就是用來**捕捉**（catch）**蒼蠅**（fly）。

你看，只要加入邏輯串連，讓左腦和右腦對談，一句簡單的話就會記住了。這就是大腦具有的「陳述性記憶」功能。

當然，如果捕蠅草對你而言是不可理解的文字，首先要做的是中文磁化的動作，也就是將它先轉碼成你可理解的文字。換句話說，你的已知愈多，邏輯愈強，記憶也就越快。而大人的已知較多，記憶本來就應該越強。

　　所以常喊記憶不好的人，並不是記憶力不好，而是沒有使用**邏輯**去做記憶！要知道，一味地碎碎唸是記不住東西的！趕快啟動你的已知，訓練你的邏輯記憶能力吧！

實例二：**bodyguard** [ˋbɑdɪˏgɑrd] 保鑣

　　bodyguard 這個單字超過七個字元，我們可以把它拆成body 和 guard 這兩個字：

　　body [bɑdɪ] 身體 (n.)

　　guard [gɑrd] 守衛 (n.)

　　如果你對這兩個單字都不陌生，我們只要加入**邏輯**，把單字鎖碼即可。我的邏輯是：**保鑣**（bodyguard）就是負責**身體**（body）的**守衛**（guard）工作。

　　如果你的基本單字量愈多，你的拆、組字速度就愈快。所以囉！趕快使用邏輯式快速記憶來累積、架構自己的基本英文單字量（即已知單字記憶磚塊）。

實例三：**barbershop** [ˋbɑrbɚˏʃɑp] 理髮店

　　barbershop 這個單字超過七個字元，我們可以把它拆成

barber 和 shop 這兩個字：

　　barber [bɑrbɚ] 理髮師 (n.)

　　shop [ʃɑp] 商店 (n.)

　　原來理髮店的英文就是由 barber 理髮師和 shop 商店這兩個字組合而成的 barbershop。如果你沒學過理髮師的英文是barber。也就是說，barber 對你而言是一個未知、陌生的單字，那該怎麼辦呢？答案當然是啓動邏輯來記憶囉！

　　我的邏輯是：看到 Bar 就想到吧台，理髮師都像在吧台前剪髮。理髮師在吧台（bar）把 a 髮給剪短變成 e 了，所以理髮師的英文是 barber。有人的邏輯是：眾多阿伯當中，就屬八伯最會理髮，所以要理髮找 barber。

　　如果你可以接受上面的邏輯，請一定要再次確認文字：理髮師是 barber。試著倒回來拼拼看，去感受一下大腦對七個字以下的照相功能，確認文字定位。當你確實做好這些步驟之後，你將不僅僅記住單字發音，也能正確地拼出單字。

　　如果你覺得別人的邏輯很怪，無法接受。請記得要發展自己的邏輯，你的大腦才會記得住。切記，有邏輯有記憶，沒邏輯沒反應。而這邏輯是指「自己的」邏輯。再試試看，從 barber 這個單字裡面，你還可以看到什麼？

　　既然成功解決了 barber 理髮師這個單字，那麼 barber 加

上 shop 當然是理髮店（barbershop）了。

實例四：**carnation** [kɑr`neʃən] 康乃馨

你的已知愈多，記憶就會愈強。carnation 這個單字明顯超過七個字元，要剪開，我們馬上啓動邏輯來搜尋大腦已知，將它拆成 car 和 nation 這兩個字。

car [kɑr] 車子 (n.)

nation [neʃə] 國家 (n.)

用左腦搜尋到已知之後，用邏輯串連再刻在右腦的記憶庫中。我的邏輯是：**康乃馨**（carnation）的妙用就是：你只要在**車子**（car）裡裝滿**康乃馨**（carnation），就可以在這個國家通行無阻了。並記得再次確認文字，康乃馨是 carnation。倒過來拼一次，是順著唸的十倍效力喔！

再舉個例，你知道 incarnation 又是另一個單字嗎？它的中文意思是「化身」。那又該怎麼用邏輯式記憶呢？

1. 7±2 原理，明顯超過 7 個字母，要剪斷。

2. 依音節剪：in、car、nation

3. 用**邏輯串連**：愛車的他希望能「化身」「在」「車子」的「國度」。

很好玩吧！用邏輯拆字，再用邏輯串連記憶，是不是也很有趣，就像在打電動玩具一樣，是會讓人玩上癮的！

實例五：earring [`ɪr͵rɪŋ] 耳環

earring 這個單字雖然剛好是七個字元，其實我們不用剪也可以直接記憶。但是此時你的已經啟動邏輯的思維能力，相信你一定馬上可以分析、搜尋到這個字其實是 ear 和 ring 這兩個單字的組合。

ear [ɪr] 耳朵 (n.)

ring [rɪŋ] 戒指 (n.)

原來女孩子喜歡戴的耳環的英文就叫做 earring，而且它是由 ear 和 ring 這兩個常見的單字所組合而成的。耳朵（ear）上掛戒指（ring）就是耳環（earring）。你看英文原來這麼簡單，對不對?!

除了上述的例子之外，還有許多的可拆、組的英文字。再舉一個例子，sick [sɪk] 生病的這個字你一定很熟悉，對吧！如果我加上了air, sea, car, train, home, love 和bed 這幾個常用又簡單的單字，會變成什麼新字，你知道嗎？

airsick	[`ɛrˌsɪk]	暈機的	(adj.)
seasick	[`siˌsɪk]	暈船的	(adj.)
carsick	[`kɑrˌsɪk]	暈車的	(adj.)
trainsick	[`trenˌsɪk]	暈火車的	(adj.)
homesick	[`homˌsɪk]	思鄉病的	(adj.)
lovesick	[`lʌvˌsɪk]	相思病的	(adj.)
sickbed	[`sɪkˌbɛd]	病床	(n.)

很有趣吧！原來我們日常生活常用到的字，它們的英文竟然是這麼簡單，但是我們卻從來不知道。你有沒有覺得，我們傳統的學習英文方法，花了那麼多的時間和精力，卻不知道字彙可以如此地擴充！你還想繼續使用這種慢速又無效率的傳統記憶法學英文嗎？我相信答案一定是否定的。

在拆字法中拆出來的字，就變成了你的已知記憶磚塊，將來都可以拿已知來導未知的單字。記憶磚塊愈多，你的邏輯就愈強。

大腦中擺放記憶磚塊的空間叫作記憶庫，好不容易形成的記憶磚塊，如果在大腦中凌亂無序地擺放，是會嚴重影響到你日後搜尋的速度。這就是大家常說的一句話：「東西亂放，找起來真辛苦。」

所以，我們一不做、二不休，趕快將這些和sick相關的

單字群放在相同記憶庫之中，記得掌握大小、方向、先後順序的原則。請不要小看這個動作，它可是會讓你的邏輯搜尋速度更快速、更容易找到你所需要的已知記憶磚塊來導未知的單字喔！

　　相信你看到這裡，應該可以深刻地感受到學會一種好的、高效率的學習方法，是一件多麼令人感到興奮雀躍的事！一旦你成功地用邏輯的方式在大腦中架構出自己專屬的記憶庫，你背單字的能力將呈倍速成長。但是前提是需要脫離圖像，因為它佔的記憶體太大了，會花你太多時間，所以趕快用邏輯式記憶法快速建構自己的基本字彙磚塊吧！

Part II 單字大風吹

　　中國老祖宗所說的六書：「象形、指事、會意、形聲、轉注、假借」。其實就是指文字的形、音、義。既然我們可以按照字音找線索，當然也可以按照字形找線索。這個單元就是在尋找你的記憶線索。請記住——找線索的目的是為了與自己的邏輯溝通！

　　一個簡單的單字，在新的排列組合之下，竟然會變成了另一個單字！當你覺得背單字背累了，想找點具有挑戰性的頭腦體操，你可以試著將單字大風吹。在玩單字的同時，不知不覺的，你對這些單字多看了幾眼，多想了幾秒，感覺會愈深刻，記憶也會愈深刻。

實例一：time vs. emit

　✻ time [taɪm]　時間

　　It's time for lunch.　午餐時間到了。

＊emit [ɪˋmɪt]　放出（光、熱、氣體）；發出（聲音）

The ship over there is emitting black smoke.

那邊的船正在冒黑煙。

沒騙你吧！這兩個單字都是由 t, i, m, e, 這四個英文字母組成，只不過一個由左到右，time 是時間；一個由右到左，剛好完全顛到，emit 是放出、冒出的意思，好玩吧！

如果你連 time 這個單字都不知道，該怎麼辦？請馬上用邏輯式記憶法，記住這個單字吧。

◎ time 的轉碼、鎖碼過程

ti　　　＋　　me　　＋　　time 時間

綁（tie）　　我

時間綁住我了。

再用已知導未知：「時間」（time）倒數了，已經快「冒出」（emit）來了。

再次提醒：如果你覺得我的邏輯很怪，要記得用自己的邏輯！

實例二：**boy vs. yob**

* boy [bɔɪ]　男孩

I have two boys and one girl.　我有兩男一女。

* yob [jɑb]　小流氓

Do not be a yob. Behave yourself.

不要做小流氓。守規矩一點。

　　讓左腦的邏輯講一次給右腦聽：「男孩」（boy）倒（yob）過來走，就像個「小流氓」一樣。

　　在大人的世界裡，有時候越是想畫圖表達，反而會覺得記憶速度越慢，這就是因為已經喪失右腦的優勢。取而代之的是理解力的增強，所以文字性的邏輯性陳述，講一次就會記住了。

實例三：**peal vs. leap**

* peal [pil]　聲響（鐘聲、雷聲）

The school bells are pealing.　學校鐘聲響了。

* leap [lip]　跳躍

Students leaped for joy.　學生高興地跳躍起來。

如果這兩個字對你而言十分陌生，請馬上選擇其中一個單字，用邏輯式記憶它，將它變成已知後，就可以去導出另一個未知的單字了。

◎ peal 的轉碼、鎖碼過程

p ＋ ea ＋ l ＋ peal 鐘響

⤷ ⤷ ⤷

people人 ear耳 豎直（字形）

一聽到鐘響，人的耳朵就豎直了。

再次確認文字：鐘響是 peal。倒回來唸是 leap，剛好是英文單字跳躍的意思。為什麼呢？因為聽到peal（鐘聲）太高興就 leap（跳）起來了。如果你覺得我的邏輯怪，很難接受，請務必要發展自己的邏輯，這樣才會記得住。

在邏輯的世界，可理解的文字是可以相吸的。當我們在「字形」中做搜尋的動作，常常又在大腦發現了另一個單字，這就是邏輯世界奧妙之處。

實例四：pin vs. nip

✱ pin [pɪn]　大頭針、別針、衣夾

Please give me some pins.　請給我一些大頭針。

✱ nip [nɪp]　掐、夾

I nipped my fingers in a bus door.

我的手指頭被公車門夾到了。

　　左腦與右腦的邏輯對話：Pin（大頭針）反過來就要用兩隻手指「夾住」（nip）才行。

實例五：eel vs. Lee

✱ eel [il]　鰻

He is slippery as an eel.

他賊頭賊腦的，像鰻魚一樣難以捉摸。

✱ lee [li]　避風港、庇護

Children feel comfortable under the lee of parents.

孩子在父母的庇護下感覺很安穩。

　　使用邏輯就是在你的大腦裡搜尋過去已知、來幫助記憶未知的東西。每個人的已知不同，邏輯也就不同。例如，鰻

魚 eel，有人會馬上裡想到 feel，有人是想到 lee，有人是想到兩隻捲起來（ee）一隻翹辮子（l）就是鰻魚，還有人會說，鰻魚的油太多，都「溢油」出來了。你瞧，連母語都跑出來了，也就是所謂的母語（中文）吸英文。

如果你是用兩隻捲起來（ee）一隻翹辮子（l）來記鰻魚，那就是使用了「視覺」做記憶；如果你是用鰻魚的油太多，都溢油出來了，那你就是用聽覺來做記憶。不管你是視覺或是聽覺記憶，邏輯都是重要的靈魂。沒有邏輯，就沒有記憶。

除了上述例子之外，還有像是 beak 和 bake；fired 和 fried；thicken 和 kitchen；votes 和 stove 等等。趕快動動腦使用邏輯去分析、比對這些字，再加入邏輯串連記憶吧。

從不同方向、不同角度去看，看到的世界就大不相同。

歡迎進入邏輯思考世界。

Part III

插字衍生：
記得建立記憶庫

　　有一隻螞蟻走過去被人捉走了，在後面的第二隻螞蟻會不知道發生了什麼事，那是因為螞蟻只有一條直線的概念。蟑螂在牆壁上卻可以飛起來，因為它有立體的概念。

　　當人要過平交道時，火車過後人再通行，這兩條線路其實是有交叉的。那為什麼火車不會撞到人呢？這就是因為除了空間之外，還多了一項變數叫做時間。

　　當你的知識愈多，你可以做的衍生就愈多。從一維空間（直線）到二維空間（平面）到三維空間（立體），甚至加上了時間。所以在插字衍生法中，你看到的是什麼，要用自己的空間、邏輯去看單字的變化。

　　單字的組合是相當有趣的。舉例來說，"car"車子這個單字你一定認識，但是多了一個字母 d，就便成 "card" 卡片了；如果是多了字母 e，變成 "care" 關心了。換句話說，當我們背了一個單字之後，我們就可以發揮聯想力，想一想還可以加上那幾個字母，就可以衍生出許許多多不同意義的單字。當我們在這些單字上多花了一些特別的心思、特

別的聯想，無形之中，記憶就加深了。這種記憶是遠比單獨且單調地死背同一單字，效果來得好多了。

Fountain是泉水。如果你有 mountain（山）這個已知：Fountain（泉水）從 mountain（山）裡噴出，瞧，是不是背起來了？

請記住，已知越多，加以邏輯搜尋、比對的能力，記憶就越強。記憶單字的能力，將呈指數倍增。

實例一：建立 car 的記憶庫

＊單一字母衍生：

car	[kɑr]	車子
card	[kɑrd]	卡片
care	[kær]	關心

買car（車子）送一張care（關心）你的card（卡片）

＊多字母衍生：

career	[kə`rɪr]	事業
carpet	[`kɑrpɪt]	地毯
carrot	[`kærət]	胡蘿蔔
cartoon	[kɑr`tun]	卡通

scarf　　[skɑrf]　　　圍巾

他的career（事業）是將一張張印有cartoon（卡通）car-rot（胡蘿蔔）的Scarf（圍巾）織成carpet（地毯）。

實例二：建立 est 的記憶庫

＊單一字母衍生：

best　　[bɛst]　　最佳的

jest　　[dʒɛst]　　嘲笑

lest　　[lɛst]　　免得

nest　　[nɛst]　　巢

pest　　[pɛst]　　害蟲

rest　　[rɛst]　　歇息

test　　[tɛst]　　考驗

vest　　[vɛst]　　背心

west　　[wɛst]　　西邊

因為組群已超過七項，先剪斷，分成兩組記憶庫，避免海馬體關閉。所以要將它分組後，再陳述一次給右腦。

記憶庫一：這次 test（考驗）你要拿出best（最佳）的狀況，lest（免得）被jest（嘲笑）。

記憶庫二：west（西邊）一隻穿 vest（背心）的 pest

（害蟲）正在侵襲rest（歇息）中的nest（鳥巢）。

　　放入記憶庫後，說一次，瞧，是不是瞬間記住了？

✱ 多字母衍生：

honest	[`ɑnɪst]	誠實的
priest	[prist]	神父
interest	[`ɪntərɪst]	興趣
suggest	[sə`dʒɛst]	建議
arrest	[ə`rɛst]	逮捕
latest	[`letɪst]	最遲的
guest	[gɛst]	客人

邏輯訓練：

1. 算一算：是不是不超過七個。

2. 開始作邏輯陳述，不要怕，七個獨立事件內必有邏輯可追尋。

3. 我的邏輯是：Honest（誠實的）priest（神父）的 interest（興趣）是suggest（建議）arrest（逮捕）latest（最遲）到的guest（客人）。

這是我的邏輯，你呢？

實例三：建立 **win** 的記憶庫

＊單一字母衍生：

win　　　[wɪn]　　　贏

wind　　　[wɪnd]　　　風

wine　　　[waɪn]　　　酒

wing　　　[wɪŋ]　　　翅膀

乘 wind（風）而來的 wing（翅膀）win（贏得）wine（酒）。

＊多字母衍生：

swing　　[swɪŋ]　　　搖擺

window　[ˋwɪndo]　　窗戶

windy　　[ˋwɪndɪ]　　多風的

winner　[ˋwɪnɚ]　　勝利者

winter　[ˋwɪntɚ]　　冬天

嘗試用邏輯重排的功能，找出五個單字的相關：Winter（冬天）windy（多風）的天氣吹著 swing（搖擺）的 window（窗戶），遠遠走來 winner（勝利者）。

記住了嗎？而且是一次記五個！想想看，記憶能力是不是就等於大腦重組與溝通的能力？

實例四：建立 ear 的記憶庫

＊ 單一字母衍生：

year	[jɪr]	年
near	[nɪr]	靠近
wear	[wɛr]	穿戴
pear	[pɛr]	梨子
dear	[dɪr]	親愛的
ear	[ɪr]	耳朵
hear	[hɪr]	聽
bear	[bɛr]	熊；承受
earn	[ɝn]	賺
tear	[tɪr]	眼淚

算一算，超過七個——剪！

year	[jɪr]	年
dear	[dɪr]	親愛的
ear	[ɪr]	耳朵
hear	[hɪr]	聽
bear	[bɛr]	熊；承受
tear	[tɪr]	眼淚

記憶庫一：去 year（年）我 dear（親愛的）老婆 ear（耳

朵）hear（聽）到bear（熊）的聲音，tear（眼淚）掉了下
來。

wear	[wɛr]	穿戴
near	[nɪr]	靠近
pear	[pɛr]	梨子
earn	[ɝn]	賺

記憶庫二：wear（穿戴）整齊的男子 near（靠近）賣
pear（梨子）的旁邊教他earn（賺）錢。

請記住：一個記憶庫不得超過七項，否則，小心大腦關
機。

＊多字母衍生：

appear	[əˋpɪr]	出現
beard	[bɪrd]	鬍鬚
clear	[klɪr]	清楚的
early	[ˋɝlɪ]	早的
earth	[ɝθ]	地球
heart	[hɑrt]	心
learn	[lɝn]	學習

低於七項，我的邏輯是：

用heart（心）learn（學習）下面這句話：early（早）期的 earth（地球），clear（清楚的）appear（出現），長beard（鬍鬚）的貓。

作業：建立 eat 的記憶庫

＊單一字母衍生：

eat	[it]	吃
beat	[bit]	擊打
heat	[hit]	熱
meat	[mit]	肉
seat	[sit]	座

現在，試著用你的邏輯鎖鎖看。

＊多字母衍生：

cheat	[tʃit]	欺騙
create	[krɪˋet]	製造
death	[dεθ]	死亡
great	[grct]	偉大的
repeat	[rɪˋpit]	重複

treat　　　[trit]　　　對待

才六個單字：用邏輯鎖鎖看。如果要你畫圖，你會不會瘋掉？（欺騙、偉大的、對待……）該怎麼畫呀？圖像式記憶的缺點就在這裡，文字的邏輯世界就不同了。

再舉例給你看：這個Great（偉大的）騙子Repeat（重複）Create（製造）假的Death（死亡）車禍，Cheat（欺騙）真誠treat（對待）他的朋友。

那你的邏輯呢？

多作衍生字練習，就是在增加你大腦邏輯的搜尋及重排功能。你的已知磚塊愈多，你拼出來的東西就愈多、愈不相同。你的磚塊記憶庫愈多，邏輯轉碼的速度就愈快速。完整練習後，再向下一單元挑戰！

Part IV 活化邏輯訓練

聽過「字中字」嗎？沒錯，當我們在看一個英文單字時，只要仔細多看幾眼，你會發現到原來字的組合是如此豐富和有趣。不知道我做說什麼嗎？覺得奇怪嗎？不要急，我們現在就來舉例讓你了解。

當你看到 chair [tʃɛr] 椅子這個簡單的單字時，你難道就這麼浪費又無效率地只看到、複習到單獨的一個單字嗎？不！請你再仔細將這個字分解一下，你是不是可以從chair這個字找出 air 空氣和hair 頭髮這兩個單字呢？

＊ 把chair 的ch 刪去，是不是剩下 air [ɛr] 空氣？

＊ 把chair 的c 刪去，是不是剩下 hair [hɛr] 頭髮？

這就是刪字衍生法，從字中找字，多角度觀察與學習的方法。我們再多舉個例子，從father [ˋfɑðɚ] 父親這個單字你又會看到那些字呢？

＊ 把father 的fat 刪去，是不是剩下 her [hɚ] 她？

＊ 把father 的her 刪去，是不是留下 fat [fæt] 肥胖的？

為什麼我們要這麼麻煩去看字中字、去刪字母衍生新單

字呢？答案就是為了要讓我們對每一個單字多付出一點心思，多用心看它的組成字母。記住，背單字其實是和談戀愛的道理是一樣的，你對它多看幾眼、多付出一點心思，單字就跟你跟得愈緊、愈不容易和你分手，記憶的磚塊也愈容易現形。

在此還是要再次強調：每人的邏輯不同，看到的字也會不同。但是，在邏輯式的記憶中，建議大家一定要先從「音節」去剪。而本單元只是活化邏輯的一種訓練方式，用來刺激大腦對談及比對的能力。

我們再舉兩個醫學名詞來解釋：

hepatoma　　[ˌhɛpəˋtomə]　　肝癌

carcinoma　　[ˌkɑrsɪˋnomə]　　癌症

hepatoma　轉碼如下：

he　pa　to　ma

↓　↳　↓　↳

他　爸　到　媽

邏輯串連：他（he）爸爸（pa）到（to）媽媽（ma）那裡，因為媽媽得了肝癌（hepatoma）。

carcinoma　轉碼如下：

car　ci　no　ma

↓　↬　↓　↬

車　死　沒　媽

邏輯串連：在車（Car）裡死（ci）了沒（no）媽媽（ma）了，因為媽媽得了癌症（carcinoma）。

此時如果我們把 oma 拉出來，在醫學名詞之中，看到 oma 就等於看到腫瘤。那麼在單字的記憶邏輯就會完全不同了。例如 hepatoma 你可能就會拆成他的（he）寵物（pat）得了肝癌的腫瘤（oma）。這不就是在在証明一件事──邏輯不同，看到的世界就大不相同。

實例一：smother [`smʌðɚ] 使窒息

邏輯式背單字要按「音節」剪。所以請先正確記住窒息這個字，我的轉碼如下：

s　mother

↬　↓

死　媽媽

　　邏輯串連：「窒息」而死（s）是媽媽（mother）最害怕的事了，所以窒息的英文是smother。

　　先把字照音節剪，記住之後，再來玩接下來的活化訓練嚕！你看得出來smother這個單字，裡面竟然藏有五個單字嗎？

✱ 把smother 的s 刪去，就剩下mother [`mʌðɚ] 母親。

✱ 把smother的sm 刪去，就剩下other [`ʌðɚ] 其餘的。

✱ 把smother的smot 刪去，就剩下her [hɝ] 她的。

✱ 把smother的smo 和後面的r 刪去，就剩下the [ðə] 這個。

✱ 把smother 的s 和後面的er 刪去，就留下moth [mɔθ] 蛾。

　　現在，我們背單字，不再只是一個一個慢速學習，而是加入了邏輯、分析的觀察，記一個smother單字，等於同時記憶、複習五個單字！這種有效率地學習的方法，為什麼我們不把它運用在單字的記憶和擴充呢？

　　一不作二不休，馬上在大腦內開一個記憶庫裝由窒息（smother）這個單字所吸引出來的單字群吧！

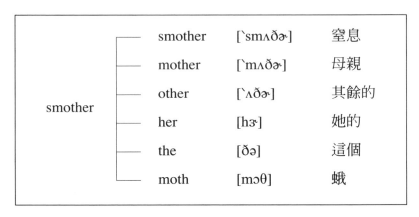

Smother 記憶庫

　　該如何用**邏輯**鎖住 smother 這個記憶庫的六個單字呢？我的**邏輯**是：the other（另一個）mother（母親）不小心把 her（她的）moth（蛾）弄smother（窒息）。

　　只要發揮你的邏輯概念，用簡單的一句話加以串連，就會發揮強大的鎖碼效果。懷疑嗎？那我問你：你該如何用「圖像」的方式來記憶這六個單字呢？不管你採用何種記憶法，有方法學習一定比沒方法學習來得快多了。

實例二：**swallow** [`swɑlo] 燕子

　　邏輯式背單字一定要按「音節」剪。請先正確記住燕子這個字，轉碼如下：

s　　wal　low

⇪　　⇪　　↓

死　　牆　　低

灑下邏輯記憶魔法：「燕子」「死」（s）了因為「牆」（wal）太「低」（low），因而撞死了。再次確認文字，燕子的英文是swallow。

從swallow這個單字，我們一樣可以再找出五個字中字喔！

✱ 把 swallow 的 s 刪去，就剩下 wallow [ˋwɑlo] 打滾、沉迷。

✱ 把swallow的sw刪去，就剩下 allow [əˋlaʊ] 允許。

✱ 把swallow的swal刪去，就剩下low [lo] 矮的。

✱ 把 swallow 的 s 和後面的 ow 刪去，就剩下 wall [wɔl] 牆。

✱ 把 swallow 的 sw 和後面的 ow 刪去，就剩下 all [ɔl] 全部的。

你瞧，一次記六個單字，既過癮又收穫豐富、一點也不浪費時間吧！

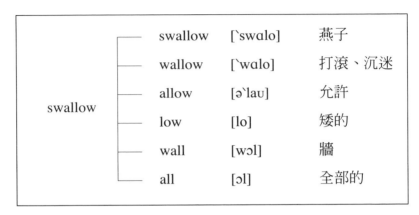

Swallow 記憶庫

　　該如何用邏輯鎖住 swallow 這個記憶庫的六個單字呢？
我的邏輯是：all（全部的）low（矮）wall（牆）都 allow
（允許）swallow（燕子）在上面 wallow（打滾）。

　　記住，只要是自己的邏輯，採用「陳述記憶」讓左腦和
右腦做一次溝通就懂了。一旦你灑下邏輯，把這六個單字的
記憶庫鎖住，往後的複習與回想，邏輯文字的下載、安裝速
度絕對是最快速的。

實例三：**grape** [grep] 葡萄

　　從 grape 這個簡單的單字，我們也可以找出兩個字中字
喔！

✱ 把grape的g刪去，就剩下rape [rep] 強姦、洗劫。

✱ 把grape的gr刪去，就剩下ape [ep] 黑猩猩。

沒想到吧！原來我們常掛在嘴邊的grape，竟然可以讓我們再多記憶兩個新的單字咧！把它們放在同一個記憶庫吧！

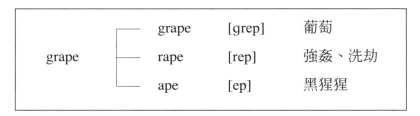

Grape 記憶庫

該如何用邏輯鎖住 grape 這個記憶庫的三個單字呢？我的邏輯是：grape（葡萄）都被ape（黑猩猩）給rape（洗劫）一空了。

這是我的邏輯，那你的呢？

實例四：spear [spɪr] 矛、魚叉

我相信很多人可能從來沒背過 spear 矛、魚叉這個單字。請先正確記住 spear 這個字。如果 pear 梨子這個單字是我的已知，我的轉碼如下：

s　　pear

↰　　↓

死　梨子

灑下邏輯記憶魔法：用「魚叉」（spear）刺「死」（s）「梨子」（pear）。記得再次確認文字，魚叉的英文是spear。

如果我不知梨子的英文是pear，那麼我的轉碼會變成：

　　spea　　　　r

　　↰　　　　　↰

說話（speak）　啊

灑下邏輯記憶魔法：「魚叉」（spear）會「說話」（spea）「啊」（r）。記得再次確認文字，魚叉的英文是spear。

如果你覺得我的邏輯很怪，那麼你的大腦一定無法接受並記憶它。所以請發展自己的一套邏輯，先把spear魚叉這個字記住，再來玩活化邏輯的訓練。

＊把spear的s刪去，就剩下pear [pɛr] 梨子。

＊把spear的sp刪去，就剩下ear [ɪr] 耳朵。

spear		spear	[spɪr]	矛、魚叉
		pear	[pɛr]	梨子
		ear	[ɪr]	耳朵

Spear 記憶庫

再用邏輯鎖住 spear 記憶庫的三個單字。我的邏輯是：在 spear（魚叉）上的 pear（梨子）形狀像 ear（耳朵）一樣。

這是我的邏輯，那你的呢？

實例五：reincarnation [ˌriɪnkɑrˋneʃən] 再賦予肉體、再生說

想不想挑戰一下長一點的單字啊？reincarnation [ˌriɪnkɑrˋneʃən] 這個單字的意思就是再次化身、或者是東方世界信仰的的輪迴。

還記我們在拆、組字的單元就已經學過 incarnation 化身這個單字了嗎？在字頭前加上 re 就表示再一次的意思，所以 reincarnation 就是再生說。記住單字之後，馬上來玩刪字遊戲吧！

✽ 把 reincarnation 的 re 刪去，剩下 incarnation [ˌɪnkɑrˋneʃən] 化身。

✽ 把reincarnation 的rein刪去，就剩下carnation [karˋneʃən] 康乃馨。

✽ 把reincarnation 的reincar刪去，就剩下nation [ˋneʃən] 國家。

✽ 把reincarnation 的rein以及nation刪去，就剩下car [kar] 車子。

✽ 把reincarnation 的re以及carnation刪去，就剩下in [ɪn] 在……之內。

　　將這些字用邏輯的方式串連起來幫助記憶。我的邏輯是：古老的reincarnation（再生說）是希望能incarnation（化身）in（在）充滿carnation（康乃馨）和car（車子）的nation（國家）。所以我的單字記憶庫如下：

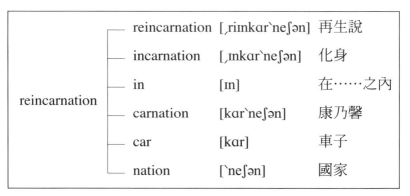

reincarnation	reincarnation	[͵rinkarˋneʃən]	再生說
	incarnation	[͵ɪnkarˋneʃən]	化身
	in	[ɪn]	在……之內
	carnation	[karˋneʃən]	康乃馨
	car	[kar]	車子
	nation	[ˋneʃən]	國家

Reincarnation 記憶庫

現在再生說的英文單字 reincarnation，你還對它很陌生嗎？相信一定不會吧！因為你在這個字上已經運用了**邏輯**、**分析**的方法去發現它的各種組合字變化，而且還把它們鎖在同一個大腦記憶庫中了！

人就是這麼奇怪，當你發現一個陌生的單字，如果裡面找得到熟悉的字時，你對這個新單字就不會有恐懼感與排斥心理。相對的，你會產生一種感覺，就好像是你的朋友介紹一位新朋友給你認識一般，是那麼自然的一件事。

學習，也可以用相同的道理啊！自然而然，學會多個單字。其實很多日常的小細節都隱藏許多結構，試著去找出這些結構，這就是所謂的記憶活化訓練，而在邏輯記憶的世界裡，學習無處不在。

邏輯不同，看到的世界也不同。一個字，衍生出好幾出個隱藏的單字，顯示記憶是可收藏的。就好像打開了潘朵拉的盒子，所有記憶都在裡面！請記住：「記憶」是由面收到線，再由線收成一點，人腦會將所學習到的經驗做歸納、重整。「搜尋記憶」則是由點到線，再展開成面，只要找到正確的點，就可以引出所有的訊息。

換句話說，如果你要「記憶已知」，你就要把學習到的已知做歸納、重整，並在大腦中建立不同的記憶庫做歸檔的動作。另一方面，如果你是要「搜尋已知記憶」，就是要運

用所謂的邏輯來做交叉、比對的動作，因為每個人的邏輯不同，找到的點（記憶庫）也不同，所以看到的舊有學習經驗和訊息也大不相同。

不管你是要建立記憶庫或是要搜尋記憶庫，速度快慢和效率差別的關鍵就是「邏輯能力」。你的邏輯能力愈強，你的記憶能力就愈強。這就是我們常說的：「有邏輯、有記憶；沒邏輯、沒記憶。」所以，趕快訓練你的邏輯能力，多用大小、方向、順序去架構、搜尋你的已知！要超越圖像，邁入更快速思維的邏輯世界！

在新光三越一樓的人會抬頭往上看四十六樓的人，但是如果你今天在四十六樓，你是不會低頭往下看一樓的人，因為你的眼光會往前方更遙遠、更寬廣的世界。

你的已知愈多，你的邏輯愈多，你看到的世界就愈不相同。所以，「輸入知識、INPUT、MORE INPUT！」要大量輸入有用的資訊，你腦中資訊的多寡就將決定你未來的成就！

Part V 活化邏輯小遊戲

想要動動腦背單字嗎？拼字接龍其實是一個不錯的動腦遊戲。藉著一邊動腦一邊玩遊戲，背單字不再是一件枯燥的苦事，取而代之的是充滿挑戰性的腦力激盪。平常在家無聊時，可以試著向自己挑戰，或是和同學、朋友隨時隨地一起比賽玩這個拼字接龍的遊戲，向各位保證，在我們不斷地找字彙當中，你的單字功力也會無形地大增！

邏輯記憶的世界裡

＊ 邏輯是須要訓練的。記憶是左右腦放電的練習，就像揮棒動作吧。一天揮一次球棒，與一天揮一百次，哪個強？

＊ 不要淪入沒有邏輯的碎碎唸。百分之九十的人讀不好書，就是沒有習慣用邏輯對談。

＊ 不要驚訝邏輯需要訓練。騎腳踏車要訓練、走路要訓練，吃飯也要訓練。別忘了，世上只有一樣東西不需要訓練就會的，那就是──放棄！

實例一：初級版，字尾接龍

　　剛開始玩拼字接龍的遊戲，我們可以先採較簡單的玩法。首先，請隨意說出一個單字，然後再以這個單字的最後一個字母做為下一個單字的開頭字母。例如：

teache**r**	老師
roa**d**	路
da**y**	一天
ye**s**	是的
schoo**l**	學校
lunc**h**	午餐
hors**e**	馬
evening	晚上

………

實例二：進階版，顏色接龍

想玩進階遊戲嗎？我們可以選擇以顏色為主題的單字接龍，在單字中的每一個字母都可以成為另一個字母的開頭。盡可能地找出你所認識的顏色單字，直到接不下字為止。

black	黑色
blue	藍色
bro**w**n	棕色
orange	橘色
gold	金色
gra**y**	灰色
yello**w**	黃色
wh**i**te	白色
indi**g**o	靛色
g**r**een	綠色
red	紅色
....	

實例三：挑戰版，身體部位接龍

常常記不住身體各部位的英文單字嗎？你也可以用接龍的遊戲，來讓記憶單字變成好玩又具有挑戰性喔！同樣的遊戲規則，我們可以挑單字的任一個字母當成下一個字的開頭，看看我們可以接出多少個單字！

face	臉
foot	腳
finger	手指
nose	鼻子
nail	指甲
neck	脖子
eye	眼睛
ear	耳朵
ankle	腳踝

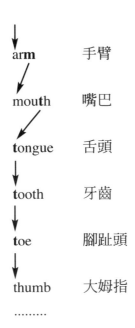

arm	手臂
mouth	嘴巴
tongue	舌頭
tooth	牙齒
toe	腳趾頭
thumb	大姆指
....	

　　記得要動動腦，用已知來連結下一個出現的未知，成人世界裡，不要花太多時間在圖像、捨本逐末了。用邏輯推理來背單字，記憶效果才會一級棒喔！

第八章

邏輯世界的
高速磁鐵——
記憶庫擴充

Part I 字首記憶磚塊建立

　　親愛的讀者，你是否已經感受到邏輯式快速記憶英文單字的超強效率？你是否有意猶未盡、欲罷不能的感覺呢？這一章中，我們就要運用邏輯式記憶法來建立英文單字的字首、字根、字尾的記憶庫。

　　至於，什麼是字首（prefix）呢？英文單字的字首就好比中文字的部首一樣，同樣一個字，如果配上不同的部首，它的字義就會改變。雖然我們不認識這個字，卻可以從字的部首就猜出這個字可能代表的意義。

　　例如，中文字的「龍」，如果加上不同的部首變成「嚨」、「聾」、「籠」、「瀧」、「攏」、「矓」、「朧」、「櫳」、「瓏」、「矓」、「礱」、「隴」……。我相信你從這些字的部首，就可以猜它的字義吧！而英文單字的字首，就跟中文部首的功效是一樣的。

　　如果你能記住英文字首的所代表的意思，那麼你累積字彙的能力將會成超倍數成長。懷疑嗎？沒關係，我們現在就來舉例驗證它神奇的功效。請看看下列的單字，你知道它們

的中文意思嗎？

hyperactive	咦！active 是有活動力的意思，那 hyperactive 是什麼意思呢？
hypersensitive	咦！sensitive 是敏感的意思，那 hypersensitive 是什麼意思呢？
hypercritical	咦！critical 是愛批評的意思，那 hypercritical 是什麼意思呢？
hypersonic	咦！sonic 是音波的意思，那 hypersonic 是什麼意思呢？
hypertension	咦！tension 是壓力的意思，那 hypertension 是什麼意思呢？
hyperacid	咦！acid 是酸的意思，那 hyperacid 是什麼意思呢？

　　你有沒有發現一個現象，那就是其實你早已背了不少的單字，但只要在你熟悉的單字前面加上了幾個字母，你就不認識了。原因就在於你不知道多加上去的那些字母，也就是所謂的字首，代表的是什麼意思，所以你通常就先舉白旗投降了。

　　還記得第三章介紹的「過分的阿榮」的故事嗎？當英文單字字首出現 ultra~, over~, out~, super~, hyper~ 時，就表示

「過度的」、「超越的」的意思。現在，請你再重新看一次上面的單字，你可以猜出它們真正的字義了嗎？

hyperactive 就是過動的意思，沒錯，它就是用來形容所謂的過動兒，夠炫吧！hypersensitive 就是過度敏感的意思；hypercritical 就是吹毛求疵的意思；hypersonic 就是超音速的意思；hypertension 就是高血壓的意思；hyperacid 就是胃酸過多的意思。

沒想到吧！只要你知道 hyper 這個字首的意思，你的字彙量就是倍數成長了！另外當你在閱讀或是與人交談時，更可以透過前、後文的相關性，配合字首，來推測你所不認識的生字所代表的意思，這不就是所謂的字彙量「超」倍速成長嗎？

現在就讓我們一起來灑下邏輯的魔術粉，實際舉例如何運用邏輯來快速記憶字首的意義吧！

實例一：代表「前」的字首

＜字首群＞　　ante、fore、pre、pro、proto

＜邏輯記憶＞

　　1.轉碼：

ante	↳	auntie 阿姨
fore	↳	佛
pre	↳	"吐"（台語）
pro	↳	婆
proto	↳	葡萄

　　2.灑下記憶魔法：

　　我的邏輯是：婆婆（pro）在佛（fore）的前面向阿姨（ante）"吐"（pre）葡萄（proto）。

　　用邏輯串連後，別忘了再次確認文字。一邊說出加入邏輯的句子，一邊要拼出正確的文字。代表前面的字首是：pro、fore、ante、pre、proto。

　　再提供你一個更簡單的邏輯：有一個人在玩3P（pre、pro、proto），最前面（fore）是一隻螞蟻（ante）。

　　覺得別人的邏輯怪嗎？請趕快發展自己的邏輯來幫助記憶。

　　好啦！你已經記住了！如果看到單字開頭是pro、fore、

ante、pre、proto，我們就可以猜到這個單字就和「前」的意思有關聯。馬上來作單字的印證吧。

fore：

forehead 前額；foresee預見；foretell 預言；foreword 序言；

ante：

anteroom接待室；antecede 先行；antedate 較……先發生；

pro：

prolong 向前延伸；progress 向前進；prologue 前言；

pre：

preschool 學齡前的；prehistoric 史前的；prepay 預付；

proto：

protohistory 史前時期；protolanguage 母語；prototype 原型；

你看，只要記住字首所代表的意思，累積單字的能力是不是就大幅提升了呢！

實例二：代表「後」的字首

＜字首群＞　post、re、retro

＜邏輯記憶＞波斯（post）人最喜歡在騾（re）的後面玩疊

球（retro）了。

1. 轉碼：

post   ↳   波斯人

re   ↳   騾

retro   ↳   壘球

2. 灑下記憶魔法：

我的邏輯是：波斯人（post）喜歡跟在騾（re）的後面玩壘球（retro）。

用邏輯串連後，別忘了再次確認文字。一邊說出加入邏輯的句子，一邊要拼出正確的字母。代表後面的字首是：post、re、retro。

所以，當你看到字的開端出現 post, re, retro 這三個字首時，就可以知道這個單字代表著「後」的意思。來看一看實際單字的應証如下：

post：

postwar 戰後的；postgraduate 大學畢業後的；

re：

regress 退步；return 回來；

retro：

retrogress 倒退；retroact 反作用；retroject 向後拋。

　　我相信很多人都知道如果想要大量累積英文單字，熟記字首、字根、字尾是最好的方法。只是如果叫你把枯燥的字首、字根、字尾的參考書拿來當字典死記、死背，你一定馬上舉白旗投降，直接放棄！那是因為從來沒有人教你如何記憶、如何有效率地學習！

Part II 字根記憶磚塊建立

　　英文單字的組成，除了前面介紹的字首（prefix）之外，還有字根（root）和字尾（suffix）。字首、字根和字尾都是和中文的部首很相似，我們都可以藉由字首、字根、字尾來猜這個單字的意義，但是它們的代表功能還是有所差別的。

　　所謂的「字根」，就是單字的根本（root）意義，很少單字是沒有字根的。字首多放在字的最前面，是單字的次要意義，看字的開頭就可以知道是代表否定、相反、加強、方向、數字等意思。而字尾則是用來表示字的「詞性」或「狀態」，看字尾就知道是名詞、動詞、形容詞、副詞或是所呈現的狀態。

　　現在我們就來實際搭配上一節所學的字首，舉一些常見的英文單字為證，你就可以明白地看出，很多的單字都是字根加上字首和（或）字尾所組合而成。當然啦，有時為了便利發音、不繞口，字首、字根、字尾也會稍稍給它變形，讓發音較為通順喔！

＊ Relax ＝ re-（後面）＋ lax（鬆弛）

字首 　　　　 字根

→ 讓人到後面鬆弛 ＝ 放輕鬆

字義

＊ Relaxation ＝ re-（後面）＋ lax（鬆弛）＋ ation（名詞）

字首 　　　　 字根 　　　　 字尾

→ 讓人到後面鬆弛的狀態 ＝ 輕鬆、消遣

字義

＊ preview ＝ pre-（前面）＋ view（看）

字首 　　　　 字根

→ 在前面就看 ＝ 預習

字義

＊ review ＝ re-（後面）＋ view（看）

字首 　　　　 字根

→ 在後面才看 ＝ 複習

字義

　　看了上面的單字拆解分析組合元素之後，你是否可以認

同，在眾多單字記憶法中，記下字首、字根、字尾是大量擴充、累積英文字彙量最快、最好的辦法了！方法了解了，但重點是背了可要記得住啊！否則背了就忘，那不是白費功夫嗎？

想馬上知道如何用邏輯式記憶法，來快速記住常用的字根嗎？歡迎你加入邏輯的世界。

實例一：代表「自由」的字根

＜字根＞　　liber

＜邏輯記憶＞

　1.轉碼：

　　liber　　　🖑　　　"你伯"（台語發音）

　2.灑下記憶魔法：

　　我的邏輯是："你伯"（liber）就是要自由！

　　用邏輯串連後，別忘了再次確認文字。一邊說出加入邏輯的句子，一邊要拼出正確的文字。代表自由字根是：liber。

　　不能接受我的邏輯嗎？請發展自己的邏輯。自己動腦想出來的記憶效果是最有效的。

所以，當你看到或聽到單字出現liber，就代表這個字的主要意義是有關自由的意思。例如：

liberal	[`lɪbrəl]	自由的 (adj.)
liberalistic	[ˌlɪbərə`lɪstɪk]	自由主義的 (adj.)
liberalize	[`lɪbrəlˌaɪz]	使自由化（貿易、商品）(v.)
liberate	[`lɪbəˌret]	使自由、解放 (v.)
liberation	[ˌlɪbə`reʃən]	釋放、自由化 (n.)
liberator	[`lɪbəˌretə]	釋放者 (n.)
liberty	[`lɪbətɪ]	自由 (n.)

實例二：代表「活」的字根

＜字根群＞ vit、viv

＜邏輯記憶＞

1. 轉碼：

   vit ↳ "醜"（台語發音）

   viv ↳ 壁虎

2. 灑下記憶魔法：

   我的邏輯是：壁虎（viv）愈"醜"（vit）愈能存活！用

邏輯串連後，別忘了再次確認文字。一邊說出加入邏輯的句子，一邊要拼出正確的文字。代表活的字根是：viv、vit。

不能接受我的邏輯嗎？請發展自己的邏輯。自己動腦想出來的記憶效果是最有效的。

日後當看到、聽到單字的字根出現viv壁虎和vit "醜" 時，就代表這個字的主要意義是與「活」有關的意思。例如：

vit	vital	[`vaɪtl̩]	活的、攸關生死的 (adj.)
	vitality	[vaɪ`tælətɪ]	活力、生命 (adj.)
	revitalize	[rɪ`vaɪtl̩‚aɪz]	使恢復活力、使再生 (v.)
	vitamin	[`vaɪtəmɪn]	維他命 (n.)
viv	vivid	[`vɪvɪd]	活潑的 (adj.)
	revive	[rɪ`vaɪv]	復活 (v.)
	survive	[sə`vaɪv]	從……逃生 (v.)
	survival	[sə`vaɪvl̩]	生還者 (n.)

實例三：代表「病」的字根

＜字根群＞　morb、path、patho、pathy

＜邏輯記憶＞

　1. 轉碼：

morb	↳	抹布
path	↳	佩絲
patho	↳	佩莎
pathy	↳	佩蒂

　2. 灑下記憶魔法：

　　我的邏輯是：佩絲（path）、佩莎（patho）和佩蒂（pathy）用了抹布（morb）就生病了！用邏輯串連後，別忘了再次確認字母。一邊說出加入邏輯的句子，一邊要拼出正確的文字。代表病的字根是：path、patho、pathy、morb。

　　日後當看到或聽到單字的字根出現 path 佩絲、patho 佩莎和 pathy 佩蒂或是 morb 抹布，就代表這個字的主要意義是與病有關的意思。例如：

path	psychopath	[ˋsaɪkəˌpæθ]	精神病患者 (n.)
	psychopathic	[ˌsaɪkəˋpæθɪk]	精神病的 (adj.)
	neuropathic	[njʊˋrɑpəθɪc]	神經病的 (adj.)

patho	pathology	[pæˋθɑlədʒɪ]	病理學 (n.)
	pathological	[͵pæθəˋlɑdʒɪk!]	病理學上 (adj.)
	pathologist	[pæˋθɑlədʒɪst]	病理學者 (n.)
pathy	psychopathy	[saɪˋkɑpəθɪ]	精神病 (n.)
	neuropathy	[njʊˋrɑpəθɪ]	神經病 (n.)

意猶未盡嗎？請接著看下一節介紹如何記憶字尾吧！

Part III 字尾記憶磚塊建立

　　字尾（suffix），顧名思義，就是放在字的最尾巴，用來表示單字的詞性或狀態。我們可以從字尾就知道是這個單字是名詞、動詞、形容詞、副詞或是所它呈現的狀態。

　　前面我們已經介紹了如何記憶英文單字的字首（prefix）、字根（root），現在打鐵趁熱，咱們也來瞧一瞧如何運用邏輯的方法，來記憶單字的字尾吧。

實例一：代表「形容詞」的字尾

　　下列就是十一個代表常見的形容詞字尾。這十一個字尾對我們而言都是「不可理解的文字」。所以要先轉碼成「可理解的文字」。我們列出幾個以形、音、義為基礎的轉碼，供大家參考。

形容詞字尾	轉碼（形、音、義）參考	例字
~able	阿婆（薄、抱）	comparable 可比較的 countable 可數的 valuable 有價值的
~al	all（偶、喔）	partial 部分的 confidential 祕密的 traditional 傳統的
~ed	義弟（的）	finished 完成的 interested 感興趣的 crowded 擁擠的
~ful	佛（for）	careful 小心的 painful 痛苦的 successful 成功的
~ible	愛抱（阿婆、薄、抱）	responsible 負責任的 sensible 明智的 flexible 有彈性的
~ic	易渴（醫科）	basic 基礎的 fantastic 極好的 democratic 民主的
~ing	鷹（硬、硬、應）	exciting 令人興奮的 missing 找不到的 willing 願意的
~less	累死（蕾絲）	careless 疏忽的 aimless 無目標的 groundless 無根據的

形容詞字尾	轉碼（形、音、義）參考	例字
~ous	噁死（餓死）	dangerous 危險的 humorous 幽默的 nervous 緊張的
~tive	踢父（醍醐、提壺）	active 活躍的 effective 有效的 talkative 多話的
~sive	惜福（吸附）	expensive 昂貴的 massive 大規模的 intensive 加強的

　　請記住，一個記憶庫不得超過七項，否則小心大腦會關機喔。如果你不想發生海馬體關閉、回想記憶斷層的現象，請先把這十一個形容詞字尾剪開，分成兩組記憶庫。分組之後，加入左腦邏輯，再陳述一次給右腦就OK了。

＜形容詞的兩個記憶庫＞

　　記憶庫一（有五個字首）：所有（al）阿婆（able）都愛抱（ible）像佛（ful）的義弟（ed）。

　　記憶庫二（有六個字首）：易渴（ic）的鷹（ing）累死（less），看了真噁死（ous）就踢父（tive）要他惜福（sive）。

　　別忘了再次確認字母的正確性喔！例如，所有是al不是all。成功轉碼、鎖碼之後，我們就可以在大腦內開一個「形容詞字首」的記憶庫，裡面有兩個小記憶庫，一個是「阿婆」，另一個是「老鷹」，然後再經由上面已經鎖碼後的有邏輯的句子，排列出裡面的內容。

　　甚至，我們還可以再依照邏輯的「方向」原則將這兩個小記憶庫上鎖：「代表形容詞的十一字首有兩個小記憶庫，一個是阿婆，在阿婆上面還有一隻老鷹。」日後當你在大腦中搜尋代表形容詞的字尾時，你找到、打開的記憶庫就會像這樣：

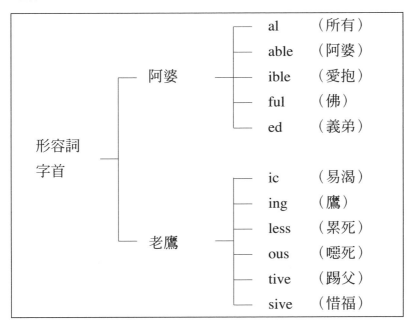

形容詞字首	阿婆	al	（所有）
		able	（阿婆）
		ible	（愛抱）
		ful	（佛）
		ed	（義弟）
	老鷹	ic	（易渴）
		ing	（鷹）
		less	（累死）
		ous	（噁死）
		tive	（踢父）
		sive	（惜福）

實例二：代表「名詞」的字尾

下列就是十七個代表常見的名詞字尾的記法和例字舉
証。同樣必須先把它們轉碼成「可理解的文字」，才能進行
下一步。

名詞字尾	轉碼（形、音、義）參考	例字
~ant	螞蟻	assistant 助手 participant 參與者 servant 僕人
~ary	Mary 瑪麗（二壘）	dictionary 字典 military 好鬥者 dispensary 藥房
~ce	死（絲）	difference 差異 audience 觀眾 evidence 證據
~ess	醫師（易死、Hess）	actress 女演員 waitress 女服務生 hostess 女主人
~ire	愛兒（矮兒、fire）	millionaire 百萬富翁 billionaire 億萬富翁 wire 電線
~ism	義診（醫生）	criticism 評論 antagonism 敵意 exoticism 異國風情
~ist	易死的（醫師的）	artist 藝術家 dentist 牙醫師 journalist 新聞工作者

名詞字尾	轉碼（形、音、義）參考	例字
~ity	ET	ability 能力 curiosity 好奇心 activity 活動 community 社區
~ment	門（men男人）	management 管理 advisement 勸告
~ness	nurse 護士	darkness 黑暗 busyness 忙碌
~ship	船	relationship 關係 friendship 友誼 citizenship 市民權
~sion	神	mission 任務 tension 張力 vision 視力
~sure	血（sure）	pleasure 愉快 treasure 寶物 disclosure 揭發
~tion	station（神、遜、炫）	solution 解答 operation 手術
~ture	"尺"（"笑"、true）	temperature 溫度 furniture 家具
~母音＋n	怪物一（母恩）	kitten 小貓 historian 歷史學家
~母音＋r	怪物二（母帶兒）	doctor 醫生 farmer 農夫

十七個字尾能記得住嗎？請相信一句話：「七項物件必有邏輯可尋。」7±2原理！千萬不要貪多，要正確使用大腦功能，穩紮穩打，先各個擊破再邏輯串連。

＜名詞的四個記憶庫＞

記憶庫一（有五個字首）：瑪麗（ary）的愛兒（ire）帶著死（ce）螞蟻（ant）去找醫師（ess）。

記憶庫二（有五個字首）：易死的（ist）的ET（ity）敲門（ment）找護士（ness）義診（ism）。

記憶庫三（有五個字首）：神（sion）在船（ship）上流著血（sure）拿"尺"（ture）遠距離量車站（tion）。

記憶庫四（有兩個怪物）：母音＋n和母音＋r二個大怪物。

再次確認文字的正確性（例如瑪麗是 ary 不是mary）。再使用邏輯（大小、方向、順序）把這四個小記憶庫鎖住。瑪麗的上面有神，神的上面有ET，ET後面跟著兩個怪物。經過你轉碼、鎖碼之後，你就會在大腦中建立出下面的記憶庫：

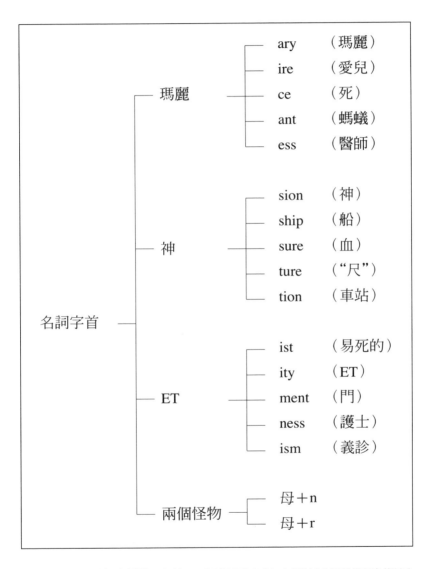

　　名詞記憶庫開好之後，記得再交給大腦快速動眼時期以及掌握3P時效，想忘掉也難！

Part IV 字頭縮寫

相信大家看到R.O.C.一定知道它代表什麼意思吧！那就是Republic of China，字頭縮寫法其實就是掛勾法的運用。有些父母教孩子先把想記住的東西，編成一段縮寫的口訣，借由強迫灌腦式地重覆大聲朗讀，輔以聲調高低或是速度快慢的變化來幫助記憶。一旦記住了這口訣，相對的也就可以隨時帶出口訣後面的內容。

親愛的讀者，請別再使用強迫記憶了，對六歲以前邏輯尚未建立完成的小孩子，聽到等於看到，但六歲之後，大聲對縮寫念一百次，大腦還是無動於衷的。當我們把單字的字頭取出來做縮寫記憶時，請別忘了一定要加入「邏輯」，再放入大腦記憶區。

在記憶的過程中，請留意字頭縮寫不要超過七個字。如果超過七個字，要在海馬體關閉前，請先做「剪」的動作！

實例一：**ROYGBIV**

「紅橙黃綠藍靛紫」這個口訣大家一定都耳熟能詳，而彩虹七種顏色的英文單字，亦可利用字頭縮寫ROYGBIV來幫助記憶。

紅 red	橙 orange	黃 yellow	綠 green
藍 blue	靛 indigo	紫 violet	

在學如何記憶彩虹的字頭縮寫口訣之前，我想大部分的人可能都沒聽過其中的兩個單字：靛色（indigo）和紫色（violet）。所以，我們必須要先記住這兩個單字，才能再將它們運用在口訣法之中。

如果你覺得indigo（靛）及violet（紫）實在是記不住，那麼請快用邏輯去拆解、記憶這兩個單字。

✱ indigo [`ɪndɪ‚go]　靛色

◎ indigo 的轉碼、鎖碼過程

　　　　indi　　　＋　go　＋　indigo 靛色

　　　　↳　　　　　　　↓

　　Indian印第安人　　去

　　indi（印第安人）都go（去）染靛色的頭髮。

＊ violet [`vaɪəlɪt] 紫色；紫羅蘭

◎ violet 的轉碼、鎖碼過程

vio　　　＋　let　＋　violet 紫色

☞　　　　　　　⬇

violin／小提琴　　讓

vio（小提琴）let（讓）人給噴上紫色

在轉碼、鎖碼之後，記得要再次確認文字。還記得陳光老師的小法寶「倒過來背」嗎！請你閉上眼睛，試著回想剛才的邏輯，把單字倒回來背一次，你就會明白感受到人腦對七個字元以下東西的神奇照相能力！

倒過來背，除了再次做文字定位之外，也等於是順著背十次的效果呢！你會發現記憶單字的速度變得超快，而且更重要的是「不會拼錯」！

陌生的單字解決之後，再讓我們把彩虹顏色順序的第一個字母縮寫當成口訣幫助記憶：「**roygbiv紅橙黃綠藍靛紫**」。

當你熟背口訣之後，你就可以隨時隨地拿出來回憶彩虹七色的英文單字了。

紅	r	red	[rɛd]
橙	o	orange	[`ɔrɪnʤ]
黃	y	yellow	[`jɛlo]
綠	g	green	[grin]
藍	b	blue	[blu]
靛	i	indigo	[`ɪndɪˌgo]
紫	v	violet	[`vaɪəlɪt]

　　六歲之前的小孩多唸幾次就可以輕鬆地記住口訣，但超過六歲的人就一定要轉碼，把文字轉成可理解文字才容易記住。不相信的話，請你把roygbiv多唸幾次試著把口訣記下，你會覺得自己好像很蠢，不知道在唸什麼。對不對？

　　別忘了——記憶是大腦溝通的過程。記得一定要加入邏輯，讓左腦跟右腦說一次，右腦很聰明的，它馬上會記住。這是因為大腦本身就有所謂的「陳述性記憶」的強大功能，只要你灑下邏輯的記憶魔粉。

　　因為「Roygbiv」對我們而言是七個不具意義的文字，必須要先加入邏輯轉碼成可理解的文字。千萬記得要使用自己的邏輯，才會記得住喲！

　　我的邏輯：Ro（划船）yg（小YG內褲）bi（腳踏車）v（勝利）：Ro（划船）者露出yg（小YG內褲），對騎bi（腳踏車）者比出v（勝利）的手勢。

　　只要跟你的大腦講一次就OK了。你看，邏輯式是不是比大聲碎碎唸或圖像式速度快多了！

　　如果你老是記不住彩虹七種顏色的英文，那麼口訣法就可以幫助你先把單字字頭唸出來，再依著字頭的線索去搜尋、複習各個顏色的英文單字。如果你早已熟悉這些單字，那麼就不必花時間在roygbiv的記憶上，趕快進階到下面的字頭縮寫吧！

實例二：縮寫字母

＊CEO　　Chief Executive Officer　行政首長、總裁

＊CNN　　Cable News Network　美國有線電視台

＊DINK　Double Income No Kid　頂客族（指雙薪而沒有小孩的夫婦）

＊DIY　　Do It Yourself　自己動手做

＊EFL　　English as Foreign Language　以英語為外國語言

＊ESL　　English as Second Language　以英語為第二語言

＊ET　　Extra- Terrestrial　外星人

＊MRT　Mass Rapid Transit System　大眾捷運系統

＊PDA　　Personal Digital Assistant　個人數位助理

＊Q&A　　Question and Answer　問與答

＊R&B　　Rhythm and Blues　黑人節奏藍調

＊UFO　　Unidentified Flying Object　幽浮、不明飛行物

＊VIP　　Very Important Person　貴賓、重要人物

＊WHO　　World Health Organization　世界衛生組織

＊WWW　World Wide Web　全球資訊網

　　光是CEO就有以下這些邏輯，都是學生想出來的喔。

CEO：1. 西醫.歐

　　　2. 蜥蜴.喔

　　　3. CO（一氧化碳）中間加個e世代

　　　4. 有個學生更逗。他把C轉成cat，O則為ox，母牛，並想成 Cat email 給 ox 母牛。再灑下邏輯鎖碼：總裁都長得像 CEO（蜥蜴喔）。記住了總裁的英文縮寫是 CEO 後，接下來就要把完整的單字帶出來。C為chief、E是executive，O則是officer。

　　又發現到不會的單字了嗎？別忘了，在邏輯世界，請在第一時間對陌生的文字亂碼作重排、搜尋、比對大腦中的已知。「有邏輯，有記憶；沒邏輯，沒反應。」

　　趕快動動腦，訓練自己的邏輯能力吧！你的邏輯能力愈

強，搜尋大腦已知的能力也就愈強，而記憶的速度也將會更快速！

你知道光緒年間發生了那些大事嗎？就是「甲馬六百辛八日」——甲午戰爭、馬關條約、六三變法、百日維新、辛亥條約、八國聯軍、日俄戰爭。相信要你把這七個字的口訣多唸幾遍你還是記不住，對不對？那就是因為你尚未將這七個字「轉碼」。如果我們加入邏輯把它們串連：

路人「甲」騎著「馬」、花了「六百」塊、「辛」苦的走了「八日」，才得知到底光緒年間發生了什麼大事。

千萬記得要在縮字上加入邏輯後，才放入大腦之中記憶。日後再把這縮字頭縮字取出來，依照縮字的順序打開來，就會知道裡面放了些什麼東西了。

用「邏輯」才會讓大腦的左腦、右腦做最快速、最有效率的溝通！

《單字註解》

1. chief	[tʃif]	首領
2. executive	[ɪgˋzɛkjʊtɪv]	執行的
3. cable	[ˋkebḷ]	有線電視
4. extra	[ˋɛkstrə]	額外地

5. terrestrial [təˋrɛstrɪəl] 陸地生物

6. mass [mæs] 大眾

7. rapid [ˋræpɪd] 迅速的

8. transit [ˋtrænsɪt] 運輸

9. digital [ˋdɪdʒɪt!] 數字顯示

10. assistant [əˋsɪstənt] 助手

11. rhythm [ˋrɪðəm] 節奏

12. unidentified [ˌʌnaɪˋdɛntɪˌfaɪd] 身分不明的

13. object [ˋɑbdʒɪkt] 物體

14. organization [ˌɔrgənəˋzeʃən] 組織

15. web [wɛb] 網絡

Part V　記憶小技巧

　　當我們在背單字的時候，如果我們能帶入歸納整理的觀念，把彼此之間具有程度上相關性的單字一併列出、一起記憶，這也是一種非常有效率的學習方式。

　　坊間所謂的「字彙階梯」，就是這個方法的運用。把具有關聯性的英文單字，以一層一層階梯往上走的形態呈現，來表達出單字之間的漸近關係。日後當我們看到其中的任一個單字時，我們便會不知不覺地聯想出與它有漸近關係的字彙群了。

　　聰明的你，是不是馬上想到其實這個學習方法，就是在運用邏輯的「順序」觀念，將相關聯的單字群歸納整理後，鎖在同一個記憶庫中。

　　在記憶的過程中，不要忘了７±２這個記憶原理，只要是超過七樣東西，就要先剪，再各個攻破。也就是剪開後，如果歸納中的單字還是無法記住，就要使用邏輯式快速記憶轉碼、鎖碼，解決後再擺入記憶庫裡。

　　想要使用邏輯「大小、方向、先後順序」來歸納擴充你

的單字記憶庫嗎？馬上親自來體驗以下的實例吧！

　＊ 需依照大小、方向、順序、美醜、善惡等排列收錄。
這樣放入右腦後，每樣東西都有跡可循，甚至知道儲存在大
腦哪個區塊。

實例一：成長字彙階梯

youth	[juθ]	青年人
embryo	[ˋɛmbrɪˏo]	胎兒
adult	[əˋdʌlt]	成年人
toddler	[ˋtɑdl̩ɚ]	學走的孩子
child	[tʃaɪld]	兒童
teenager	[ˋtinˏedʒɚ]	十幾歲少年人
elder	[ˋeldɚ]	老年人
baby	[ˋbebɪ]	嬰兒

　以上有關成長的字彙散亂成一團，請按邏輯以先後順序
重排。再依記憶學７±２原理，從兒童和十幾歲少年人中間
剪開分成兩塊。先記前面四樣，記住後再記後面四樣。

embryo	[ˋɛmbrɪˏo]	胎兒
baby	[ˋbebɪ]	嬰兒
toddler	[ˋtɑdḷɚ]	學走的孩子
child	[tʃaɪld]	兒童
teenager	[ˋtinˏedʒɚ]	十幾歲少年人
youth	[juθ]	青年人
adult	[əˋdʌlt]	成年人
elder	[ˋɛldɚ]	老年人

　　如果字群中有記不住的單字，再用邏輯式快速記憶（轉碼、鎖碼）各個擊破。解決之後，再把它們全部放回同一個記憶庫之中。

　　你可以使用坊間的字彙階梯圖，把字群以階梯的方式呈現出彼此的漸近關係如下：

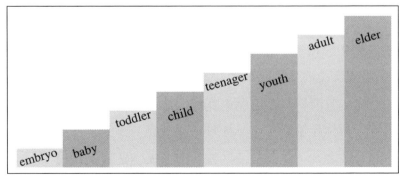

成長字彙階梯

或是利用樹枝狀的記憶庫來擺放，如下：

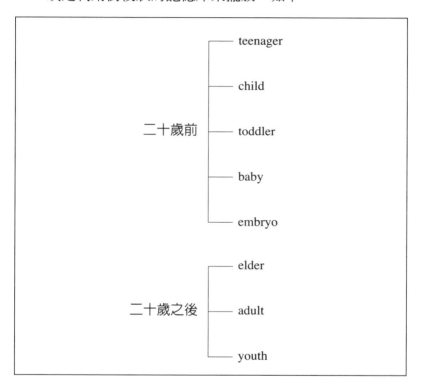

成長記憶庫

不管你的記憶庫長成什麼樣子，重要的是你已經加入了邏輯、使用邏輯來擴充你的記憶庫。這個有邏輯的群組性記憶，是不是比單獨性記憶具有更佳的學習效率和效果呢？

實例二：日夜字彙階梯

noon	[nun]	中午
night	[naɪt]	晚上
midnight	[`mɪd͵naɪt]	午夜
morning	[`mɔrnɪŋ]	早上
afternoon	[͵æftɚ`nun]	下午
evening	[`ivnɪŋ]	傍晚
dusk	[dʌsk]	黃昏
dawn	[dɔn]	黎明

一樣，先按邏輯重排，再剪成兩塊：

dawn	[dɔn]	黎明
morning	[`mɔrnɪŋ]	早上
noon	[nun]	中午

afternoon	[͵æftɚ`nun]	下午
evening	[`ivnɪŋ]	傍晚
dusk	[dʌsk]	黃昏
night	[naɪt]	晚上
midnight	[`mɪd͵naɪt]	午夜

　　有不認識、陌生的單字，趕快用邏輯式快速記憶單字。
再把它們放在同一個記憶庫中：

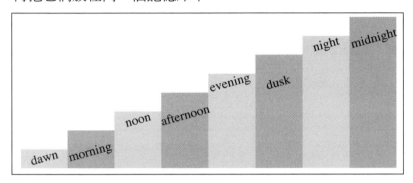

日夜字彙階梯

　　或是：

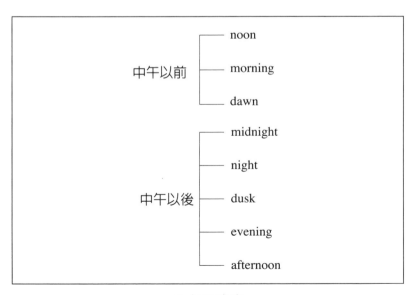

日夜記憶庫

　　原來背單字只要我們使用邏輯去歸納、整理，就會產生出強大的記憶庫功效！再次提醒，要訓練自己的邏輯能力，依照大小、方向、先後順序，甚至是美醜、善惡等來做排列。讓每樣東西放進右腦後，都能夠有跡可循，甚至會知道是儲存在大腦內的哪一個區塊呢！

第九章

語言是要運用的

台灣沒有學習英文的「環境」？！

你知道嗎，2003年到2004年全球托福電腦成績，台灣已經連續三年亞洲排名倒數第六。亞洲總共有28個國家參加考試，第一名是新加坡，第二名是印度，香港第十三名，南韓、中國大陸並列第十七名，而台灣在二十八個亞洲國家中，則是排名第23，也就是倒數第6名，這是一個多麼令人感到憂心的數據報告！

在一片檢討聲浪之中，一定有人會說，這是因為台灣沒有英文的學習「環境」，所以大家的英文程度才會無法提升。其實，這並非是事實。下次當你外出，走在街上時，只要仔細看一看街道上大多數的看板與標示，就會發現那些多半是用雙語表達。只是，我們的眼睛時常只看到中文，而對下方的英文標語視而不見。

所以，我們並不是沒有學習英文的「環境」，而是沒有「用心」去學習英文。如果你有用心去學英文，你會發現，在街道上、公共場所裡出現的英文字或句子，其實都是最實用的。或許就因為這些都是「免費」的資源，我們才沒有「用心」去發現、去學習吧！

坊間有許多英文視覺情境學習法，其實就是要大家將所學的英文單字隨時隨地使用。學英文的方法很多，不管你是使用視覺圖像、使用隨身聽、用餐時說出食物名稱，或嗅到

味道試著用英文形容……這些都是在啓動邏輯搜尋大腦的深層記憶。邏輯式的記憶方法就是利用視、聽、嗅、味、觸等感覺，時時刻刻與大腦溝通的過程。

所謂的「用進廢退」，語言絕對是要運用而且還要開口。請大家從現在開始，用心去「看」、去「發現」你每天經過、使用的場所中，是不是有「免費」又「實用」的英文教學資源。

建議大家可以隨身攜帶一本小冊子，專門用來記下這些英文單字和句子。你會發現學習英文竟然可以如此貼近你的日常生活，而不再是侷限在書本裡了。

接下來，我們就舉捷運的雙語標示牌爲實例。如果你居住的地方沒有捷運，你也可以多留意身邊的公共場所，例如百貨公司、購物商場、動物園、機場等地方，請記得要隨時隨地用心學英文喔！

搭捷運可以學英文

相信搭乘捷運上下學，上下班已經是絕大多數的人天天都在使用的交通工具。這是一個非常好的學習英文環境和機會，而且，如果將來你有機會出國旅遊，在搭乘這類的大眾交通工具時，你就不會感到那麼的陌生與害怕，因爲你在台

灣時，就天天看、天天記、天天接觸這些英文單字和用語
了。

下面就是你在搭乘捷運時，會看到的一些雙語標示牌。
我們就馬上把這本書所介紹的各式武功祕笈給運用出來吧！

實例一：

禁止飲食　No Eating or drinking

禁止吸煙　No Smoking

違者罰NT$1,500　Violators will be fined NT$1,500

1. violator [`vaɪəˌletɚ]　違背者 (n.)

> ◎ violator 的轉碼、鎖碼過程
>
> 　　　vio　＋　　lat　＋　or　＋　violator 違背者
> 　　　↰　　　　　↰　　　　↓
> violin小提琴　late晚　「人」
> 邏輯：拉小提琴晚了的人就是違背者。
>
> ※還記得代表名詞字尾的兩大怪物母音＋n和母音
> 　＋r嗎？所以這裡的母音o＋r (-or) 就是指代表
> 　「人」的名詞字尾。

2. fine [faɪn]　處以罰金 (v.)、美好的 (adj.)
直接加入邏輯相吸：處以罰金 (fine) 是美好的 (fine)！

實例二：

禁止攀爬　　No Climbing ／ Do Not Climb

★ 單字：climb [klaɪm]　攀爬 (v.)

◎ climb 的轉碼、鎖碼過程

clim　＋　b　＋　climb 攀爬

⇩　　　　⇩

climate氣候　　ball

邏輯：氣候變化像球一樣快速往上攀爬。

※還記得發音法介紹的霸道 m n r 三兄弟嗎？大哥
m最愛支使小不點b做事又不讓他說話，所以mb
只發 [m] 的音。馬上驗証：climb的發音就是
[klaɪm]，b是不發音的。

實例三：

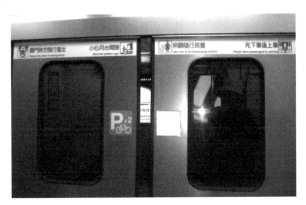

關門時勿強行進出　Please stay clear of closing doors

小心月台間隙　Mind the platform gap

照顧隨行孩童　Take care of accompanying children

先下車後上車　Please allow passengers to exit first

1. platform [`plæt‚fɔrm]　月台 (n.)

   plat [plæt]　小塊的地

◎ platform 的轉碼、鎖碼過程

　　plat　＋　form　＋　platform 月台

　　↓　　　　↓

　小塊地　　　形狀

　邏輯：一小塊地形狀的地方就是月台。

---

2. gap [gæp]　間隙、缺口、裂口 (n.)

你怎麼知道 a 要發 [æ] 呢？因為這是發音神奇寶貝二子夾母啊！母音被兩個頑皮的子音夾在中間，當然沒輒，只能發出短母音 [æ]！

3. accompany [əˋkʌmpənɪ]　伴隨、陪同 (v.)

◎ accompany 的轉碼、鎖碼過程

　　　ac　＋　company　＋　accompany 伴隨

　　　↳　　　　↓

act行動　　　公司

邏輯：有行動的公司可以伴隨終身。

而如果在accompany這個單字後面加上 ing？這不就是代表形容詞的那個隻老鷹 (ing)！還記不記得我們有建立代表形容詞字尾的兩個記憶庫：一個是阿婆，在阿婆上面還有一隻老鷹。而老鷹的記憶庫裡面是擺放：易渴 (ic) 的鷹 (ing) 累死 (less)，看了真噁死 (ous) 就踢父 (tive) 要他惜福 (sive)。所以，accompanying就表示隨行的意思。

實例四：

讓座給老弱婦孺　Yield seats to elderly, infirm passengers,
and women with children

勿倚靠車門　Do not lean on doors

小心月台間隙　Mind the platform gap

關門時勿強行進出　Please stay clear of closing doors

1. yield [jild]　讓、放棄 (v.)

◎ yield 的轉碼、鎖碼過程

　　y ＋ i ＋ eld ＋ yield 讓

　　⇪　　⬇　　⇪

you你　　我　　elder 老年人

邏輯：你和我都要讓老年人。

※還記得奇怪母音家庭的 y 姊姊嗎？y 姊姊只要站

　在家人前面，就會捏著自己手臂上的贅肉嫌肥，

　而發出[j] [j] [j] [j]的聲音。

---

2. infirm [ɪnˋfɝm]　衰弱的、不堅定的 (adj.)

◎ infirm 的轉碼、鎖碼過程

in ＋ firm ＋ yield 讓

↬　　　↓

硬　　堅定

邏輯：硬是堅定的人其實都是衰弱的！

3. lean [lin]　倚靠、傾斜 (v.)

◎ lean 的轉碼、鎖碼過程

lean ＋ accompany 伴隨

↬

learn 學習

邏輯：學習時耳朵不見 (r不見)，就要倚靠別人了。

實例五：

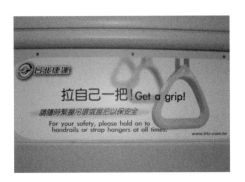

拉自己一把！ Get a grip!

請隨時緊握吊環或握把以保安全。

For your safety, please hold on to handrails or strop

hangers at all times.

1. grip [grɪp] 把、柄 (n.)

rip [rɪp] 扯、撕

◎ grip 的轉碼、鎖碼過程

g ＋ rip ＋ grip 把、柄

↰ ↓

girl女孩 扯

邏輯：女孩最愛扯把柄了。

2. handrail [ˋhændˌrel] 扶手、欄杆 (n.)

◎ handrail 的轉碼、鎖碼過程

hand ＋ rail ＋ handrail 扶手

⬇ ⬇

手 鐵軌

邏輯：讓手行走的鐵軌就是扶手。

3. strop [strɑp] 磨刀皮帶 (n.)

◎ strop 的轉碼、鎖碼過程

stop ＋ r ＋ strop 磨刀皮帶

⬇ ⬦

停止 row 排

邏輯：請停止在中間做一排排的磨刀皮帶！

4. hang [hæŋ] 把……掛起 (v.)

hanger [ˋhæŋɚ] 掛勾 (n.)

字尾有 er（母音＋r），所以是代表與某某東西有關的名詞。可以把物件掛起來的東西，當然是掛勾囉。

實例六：

博愛座　Priority Seat

★ 單字：priority [praɪˋɔrətɪ]　優先 (n.)

　　　　prior [ˋpraɪɚ]　在前的、優先的 (adj.)

　　prior 後面加了ity當字尾，而這個ity不就是前面第七章字尾記憶庫裡的ET?! 答對了，常見的名詞字尾屬於ET的資料庫中有：易死的 (ist) 的ET (ity) 敲門 (ment) 找護士 (ness) 義診 (ism)。所以囉，priority就是優先的意思。Priority Seat優先座位，也就是我們常說的博愛座了。

　　背了英文單字就要用！同樣的，看到新的英文單字時也要設法背下來！所以，下次當你在搭乘捷運時，請移動你的視線去搜尋環繞在你身旁的雙語招牌，不僅可以複習、加強背過的單字，在看到陌生的單字時，也可以馬上使用邏輯式

快速記憶法去解決它。

你將會發現，背英文單字真的很像在打電動玩具一樣，解碼（７±２原理）、轉碼（轉成可理解文字）、鎖碼（用邏輯串連）！盡情去享受邏輯式記憶的高速學習效果吧！

後記

　　我們堅持：「學習應是普及的，而學費也應是低廉的。」一個好的學習方法，就應該盡力推廣給社會大眾，分享給那些陷入學習苦海有心學習的人。

　　這本書就是秉持這個精神，希望能夠把坊間兩大快速記憶法，運用在背英文單字上的方法介紹給大家，讓大家可以透過這本書，一窺究竟，用對方法，達到最有效率的學習。

　　陳光老師為現任台北市潛能發展協會理事長及日本七田真右腦研究中心副所長，對大腦功能及快速記憶有專精的他，除了肯定圖像式記憶的功效，同時也是國內邏輯式記憶的主導者。就如同本書中一再強調，圖像式記憶適用在六歲以前的孩子，如果你是六歲以上的人，就請一定要超越圖像，進入邏輯的思維，達到更快速的記憶效果。

　　因此雖然我們一致認同，花時間、花精力去訓練成人的右腦圖像能力來做快速記憶，是一種開倒車的行為。文字才是宇宙間記憶的最大區塊，而且文字的存、取速度絕對快過圖像。

　　但是，我們不可否認一件事，那就是「圖文並茂」、或是「趣味性高」的學習方法，一般來說是比較討大眾喜愛的。所以有些不善於動腦也不想花時間訓練自己邏輯能力的

成人，還是會選擇較有趣味性、有圖畫的圖像式記憶法。

　　不管你的選擇如何，有方法學習絕對是比碎碎唸或是一味地反覆抄寫來得有用。這就好比在學習的過程中，你是選擇徒步而行？還是騎上三輪車慢慢欣賞沿途風景、或者直接搭上磁浮列車享受學習的超速快感？差別就在於學習的速度和成效的不同。

　　我們再次強調，這兩種方法的基本記憶原理是相同的，但是往上發展的方向卻是截然不同的。

＊「圖像式記憶法」：

　　強調先確定發音，再想辦法將音與義做緊密的結合，最後再用圖像做記憶。換句話說，就是啟動聽覺，結合視覺圖像做記憶！

＊「邏輯式記憶法」：

　　強調不管是啟動聽覺、視覺、嗅覺、味覺、**觸覺**，其實都是在用邏輯和大腦溝通。有邏輯有記憶、沒邏輯沒記憶。對六歲以上的人，不該花時間訓練右腦的圖像能力，而是要訓練左腦的邏輯能力。

　　下表為兩大記憶法的比較，相信看完本書的你，會深刻了解到其中的差異。

圖像式：從發音去聯想已知的事物（多用已知母語）。

邏輯式：從單字的字母組合去聯想（用邏輯搜尋）已知的記憶磚塊（多用已知的英文單字）。

	圖像式	邏輯式
使用工具	豐富的聯想力及圖像產生能力	邏輯比對、搜尋能力
搜尋已知	多爲母語（諧音）	多爲英文單字變身（單字記憶磚塊）
聯想力	較困難	較容易
記憶效果	無相乘效果	單字相吸，相乘效果大
拼字能力	較差	超強
發音能力	較差	較強

有些人看了比較表之後，可能會有一個疑問：既然圖像式記憶搜尋多爲母語，也就是強調「音」與「義」做結合。照理講，應該是發音能力會較強才是啊？答案是否定的！

因爲使用圖像式記憶是以「轉音」記憶，雖然容易記住，但也容易唸出不標準的發音，而且還會因爲無法正確拼出單字，而再次喪失看字拼音的機會。舉例來說，相信大家一定記得憂鬱症的英文是「沒人叩你啊！」請你捫心自問，你的英文發音正確嗎？如果你是中文式發音，那補救的方法就是把單字拼出來，再看字發音。但是你拼得出正確的英文

字母嗎？相信很多人是拼不出來的，又如何看字發音？

　　邏輯式記憶法就不同了。如果我問你癌症的英文是什麼？你不僅會唸出 [ˌkɑrsɪˋnomə]（在車裡死了沒媽媽了，因為媽媽得了癌症），還能正確拼出單字 carcinoma。為什麼呢？因為你是記住單字的組合，而不僅僅只有諧音。再者，如果你真的忘記發音，你也可以在完整拼出單字後，看字發音。所以說，邏輯式記憶法的發音是較強的。

　　在此，還是要特別提醒讀者，在使用邏輯式記憶法解碼時（７±２原理），一定要先按「音節」剪，接下來才是「字形」和「字義」。換句話說，邏輯式記憶法是先「觸動聽覺」，再使用邏輯在大腦中搜尋已知的記憶磚塊來吸未知的單字。所以在記單字時，一定要先確定單字的正確發音。這也是我們為什麼要那些真的不會KK音標或沒學過自然發音的人，務必要準備一台電子辭典的原因。

　　邏輯式記憶法威力更強大的地方，就在於當你不知道如何發音時，也記得住英文單字。換句話說，如果你在日常生活中看到一個不認識的單字，只要你知道它的中文字義，你就可以將它磁化、轉碼、解碼、鎖碼。「不知道發音也可以快速地記住單字。」這是邏輯式快速記憶最令人嘆為觀止的學習成效。為什麼呢？這是因為我們在無法啟動聽覺去搜尋已知時，還可以使用視覺，注意，不是視覺圖像，是看單字

的組合字形與字義去解碼、轉碼和鎖碼！單字隨看隨記，這絕非圖像式快速記憶可以達到的學習成效。

不過，還是要再次提醒大家，啟動聽覺搜尋已知，按音節拆剪是根本之道。如果你在不知道單字的發音情況下記住了這個單字的拼法，還是務必要回家翻字典或電子辭典確認單字發音。然後趁睡前尚未把鎖好的記憶邏輯交給快速動眼的 β 波（潛意識）前，最好是啟動聽覺再做一次解碼、轉碼、鎖碼的動作。接下來，你就可以安心去睡覺，讓這個單字在快速動眼時期反轉千萬次，然後記得隔天起來再複習一次，確實掌握到3P記憶，想忘記也難啦！

為大家分析這麼多兩大快速記憶法的差別，無非是誠心希望大家能「超越圖像、邏輯取勝。」特別是那些正在為考試努力、與時間賽跑的讀者們，請克服人性的惰性和慣性，開始訓練自己的邏輯能力吧！你知道嗎？一旦你的邏輯能力變強，學習快速記憶的效果就不僅僅侷限在英文單字的背誦上，而是可以大量地運用在其他須要記憶的科目。至於圖像式快速記憶也有其存在的價值，因為它是可以在六歲以下的孩子身上獲得極大的學習效果與增加學習的趣味性。

只是，了解理論、方法之後，沒有練習也是枉然。趕快啟動你神奇的大腦、訓練自己的邏輯能力，和我們一起搭上英文單字記憶的磁浮列車，享受高速學習的成效吧！

英文這樣背就對了！超強記憶法讓你快樂學單字【暢銷紀念版】

作　　者／陳光、李宗玥、楊儷慧
企畫選書人／賈俊國

總 編 輯／賈俊國
副總編輯／蘇士尹
編　　輯／黃欣
行銷企畫／張莉滎、蕭羽猜、溫于閎

發 行 人／何飛鵬
法律顧問／元禾法律事務所王子文律師
出　　版／布克文化出版事業部
　　　　　115 台北市南港區昆陽街 16 號 4 樓
　　　　　電話：(02)2500-7008　傳真：(02)2500-7579
　　　　　Email：sbooker.service@cite.com.tw
發　　行／英屬蓋曼群島商家庭傳媒股份有限公司城邦分公司
　　　　　115 台北市南港區昆陽街 16 號 5 樓
　　　　　書虫客服服務專線：(02)2500-7718；2500-7719
　　　　　24 小時傳真專線：(02)2500-1990；2500-1991
　　　　　劃撥帳號：19863813；戶名：書虫股份有限公司
　　　　　讀者服務信箱：service@readingclub.com.tw
香港發行所／城邦（香港）出版集團有限公司
　　　　　香港九龍土瓜灣土瓜灣道 86 號順聯工業大廈 6 樓 A 室
　　　　　電話：+852-2508-6231　　傳真：+852-2578-9337
　　　　　Email：hkcite@biznetvigator.com
馬新發行所／城邦（馬新）出版集團 Cité (M) Sdn. Bhd.
　　　　　41, Jalan Radin Anum, Bandar Baru Sri Petaling,
　　　　　57000 Kuala Lumpur, Malaysia
　　　　　電話：+603- 9056-3833　　傳真：+603- 9057-6622
　　　　　Email：services@cite.my
印　　刷／卡樂彩色製版印刷有限公司
二　　版／2024 年 04 月
定　　價／380 元
ISBN ／ 978-626-7431-50-4
EISBN ／ 978-626-7431-48-1（EPUB）

城邦讀書花園
www.cite.com.tw 　布克文化
WWW.SBOOKER.COM.TW